書下ろし

犬目

高積見廻り同心御用控②

長谷川 卓

祥伝社文庫

目次

主な登場人物

【滝村家】

与左衛門《よざえもん》（父）
町火消人足改だったが、町火消を助けるため火中に飛び込み壮絶な最期を遂げた

豪《ごう》（母）
六十一歳。与兵衛が亡夫のお役目であった町火消人足改に就くのを切に願う

与兵衛《よへえ》
南町奉行所高積《たかづみ》見廻り同心。三十九歳。通称・滝与《たきよ》の旦那

与一郎《よいちろう》（長男）
十歳。谷口道場に通う

多岐代《たきよ》（妻）
旧姓榎本。父は北町奉行所同心

朝吉《あさきち》（与兵衛の中間《ちゅうげん》）

主水河岸《もんどがし》の寛助《かんすけ》（与兵衛の使う御用聞き。六十三歳）

米造《よねぞう》（寛助の手下）

新七《しんしち》（寛助の手下）

【谷口派一刀流・谷口道場】

谷口得二郎《たにぐちとくじろう》（道場主）

荒木継之助《あらきつぐのすけ》（道場の高弟）

【南町奉行所】

大熊正右衛門《おおくましょうえもん》（年番方《ねんばんかた》与力）
五十貝五十八郎《いそがいいそはちろう》（高積見廻り与力）
塚越丙太郎《つかごしへいたろう》（高積見廻り同心。与兵衛の同僚）
占部鉦之輔《うらべかねのすけ》（定廻り同心）
入堀《いりぼり》の政五郎《まさごろう》（占部鉦之輔の使う御用聞き）
瀬島亀市郎《せじまかめいちろう》（定廻り同心の古株）
椿山芳太郎《つばきやまよしたろう》（例繰方《れいくりかた》同心）

【北町奉行所】

松原真之介《まつばらしんのすけ》（定廻り同心）
汐留《しおどめ》の弐吉《にきち》（松原真之介の使う御用聞き）

【口入屋・川口屋】

川口屋承右衛門《しょうえもん》（川口屋の主。香具師《やし》の元締）
右吉《うきち》（承右衛門の右腕）
万平《まんぺい》（承右衛門の手下）

第一章　助《す》け働《ばたら》き

一

文化《ぶんか》七年（一八一〇）陰暦八月九日。昼八ツ（午後二時）。

昨夜降り始めた雨が、一層雨脚《あまあし》を強めていた。

その雨の中を、ひとりの武士が中間《ちゅうげん》を供に歩いている。御小普請《こぶしん》世話役の吉村治《よしむらじ》兵衛《へえ》であった。

明神下《みょうじんした》から下谷御成《したやおなり》街道に抜ける道は、途中までは武家屋敷だが、そこを過ぎると両側は町屋となっている。

吉村治兵衛は、武家屋敷の中程にある御小普請組頭《くみがしら》の斎藤仁右衛門《さいとうじんえもん》に火急の文書を届けての帰りであった。

御小普請組は十組あり、それぞれをひとりの御小普請支配が束《たば》ね、その下に支配を補佐する御小普請組頭がひとり付いた。御小普請組頭は、役に就《つ》きたいと望む者との逢対日を月二回設け、その席で資質を見極め、更《さら》に相手の希望などを聞いた。職禄《ろく》は三百俵、家禄は二百から三百石の旗本から選ばれた。斎藤仁右衛門の家禄は二百四十石であった。

その御小普請組頭の耳目《じもく》となり、御小普請組に属す御家人《ごけにん》の人となりや日々の暮らし向きを調べ、御家人たちの願書を取り扱うのが、御小普請世話役の役目である。世話役は各組に三人ずつおり、その中のひとりが吉村治兵衛であった。御小普請世話役は御家人から選ばれ、職禄五十俵と三人扶持《ぶち》が支給された。

吉村治兵衛が雨を押して御小普請組頭を訪ねたのは、明日十日が、月二度と定められた組頭の逢対日の一日に当るからだった。

文書には、吉村が世話役を務めている九の組に属す御家人たちの、日々の素行などが事細かに記されている。

筆に私情は差し挟まぬように、と役に就く時に言われたことだが、ひとには好き嫌いもあれば、賄《まいない》という抗しがたいものもある。まったく公平無私に、とはなかなか行き難《がた》い。その辺りの匙《さじ》加減を御小普請組頭がどう読み取るかは、吉村の与《あずか》り知らぬところであった。

（それにしても……）

吉村治兵衛は、忌《い》ま忌ましげに傘から落ちる棒のような雨滴を見詰め、溜息《ためいき》を吐《つ》いた。

（いつまで、降るのだ）

傘を僅《わず》かに上げた拍子《ひょうし》に、道端で中間が平伏しているのが見えた。

中間や足軽などが上級武士に対する礼である。雨の日でもその慣例は変らず、びしょ濡《ぬ》れになるところから、蔑《さげす》んで《びしょ》と呼ばれた。しかし、世話役である己《おのれ》には、過ぎた礼である。御小普請組頭か御小普請支配とでも間違えているのだろうか。

中間の肩を、背を雨が叩いている。髷《まげ》を見た。白いものが多い。

いずこの家の者だ？

治兵衛は中間の前で足を止め、面《おもて》を上げるように言った。中間が囁《ささや》くように何か言った。傘を叩く雨音で聞こえない。

もそっと大きな声で言え。

言いながら前屈みになった。次の瞬間、中間の左の膝が立てられるのと同時に、右手が背に回った。治兵衛があっ、と呟《つぶや》き、身を引こうとした時、白いものが光った。

白刃《はくじん》であった。白刃が、己の腹を刺し貫いていた。

中間の顔を見た。食い縛《しば》った歯の間から、泡のような唾《つば》を噴《ふ》き出している。

中間は治兵衛の腹を蹴《け》るようにして刃を抜くと、身を翻《ひるがえ》した。

崩《くず》れるように前に倒れた治兵衛の目に、供の者が刺されるのが見えた。執拗《しつよう》に何度も刺している。中間が振り向き、治兵衛を見ながら刃を引き抜いた。止《とど》めを刺しに来ようと言うのだろうか。

顔を打った雨が目に流れ込んだ。視界が歪《ゆが》んだ。擦《こす》ろうとしたが、手が動かない。

誰か、誰か、おらぬか。

近付いて来た影が、白刃を振り上げた。


八月十日。夕七ツ（午後四時）。

南町奉行所高積《たかづみ》見廻り同心・滝村与兵衛《たきむらよへえ》は、見回りを終え、数寄屋《すきや》橋御門内にある奉行所の大門を潜《くぐ》った。

高積見廻りの役目は、町屋の者が通る河岸《かし》やお店《たな》前での荷の積み降ろしに乱雑な振る舞いがないか、祭礼など人出の多いところで荷を広げ、通る者の邪魔をしていないかを見回り、取り締まることで、この日も河岸を中心にぐるっと回って来たのだった。

「それでは、滝与《たきよ》の旦那」

御用聞き・主水《もんど》河岸の寛助《かんすけ》と手下の米造《よねぞう》と新七《しんしち》が、大門裏に下がった。そこは、御用聞きらの控所になっていた。

寛助は六十三歳。三年前、手札（身分証明書）を受けた定廻り同心・里山伝右衛門《さとやまでんえもん》が亡くなったのを機に、御用聞きから身を退《ひ》いていたのを、与兵衛が復帰させたのだった。

与兵衛のことを、滝村与兵衛を略して滝与の旦那と呼ぶのは、旦那と呼んでいた里山と区別するための名残《なごり》であった。与兵衛の妻の名が多岐代《たきよ》であるので、くすぐったさもあったが、慣れると悪いものではなかった。

「朝吉《あさきち》も、ご苦労であったな」

与兵衛付きの中間・朝吉が、丁寧に礼をして、奉行所の裏にある中間部屋に回って行った。

与兵衛はひとり、高積見廻り同心の詰所に向かった。詰所は長屋門内にあった。

見回った場所や気付いたことを日録に記し、担当与力である五十貝五十八郎《いそがいいそはちろう》に報告しなければならない。

腰掛と囲炉裏《いろり》のある同心の控所を通って廊下に上がり、高積見廻りの詰所に入った。

唯《ただ》ひとりの同僚である塚越丙太郎《つかごしへいたろう》が、日録を書き終え、麦湯を飲んでいた。

「早いな。もう戻っていたのか」

「お前が遅いのだ。これでは、俺が手抜きをしているようで、甚《はなは》だ面白くない」塚越は湯飲みを置くと、今日は北新堀河岸《きたしんぼりがし》辺りを見回ったのではないのか、と訊《き》いた。

「そのつもりだったが、危なっかしい荷を見たので、永代《えいたい》橋を渡ってしまった」

「それで、どこまで行った？」

「油堀《あぶらぼり》だが」

「余計なことを。あの辺りは明日にでも俺が行くつもりでいたのだぞ」

「何かあるのか」

「ちょいとな、いるのだ。絶《ぜつ》、がな」

塚越の言う絶とは絶品のことで、つまりは絶品のいい女がいるということだった。

「知りたいか、どこの誰だか」

「別に聞きたくもないが、話したいのなら話せ」

「教えぬ。話すだけ損をする」

「何を勿体《もったい》付けているのだ」

「そんなことより早く日録を書け。飲みに行こうぜ」

「駄目だ。母が腰を打ち、唸《うな》っていると言っただろう」

三日前のことになる。母の豪《ごう》が組屋敷の庭に作った菜園の雑草を抜いていて転び、腰をしたたかに打ち付けてしまったのだ。

「幾つになられた？」

「六十一だ」

「気を付けねばな」

「伝えておこう」

「いや、伝えんでよい。嚙《か》み付かれるのが怖い」

同じ組屋敷で育ち、同い年だからと行き来のあった塚越は、豪の性格を知り抜いていた。

笑い合ったところで、塚越が日録を手に腰を上げた。五十貝五十八郎に報告に行くのだ。

「お先に」

「おう」

筆先に墨を含ませ、日録を書いていると、敷石を蹴るようにして駆ける足音がした。二、三名の者が大門の方へと飛び出して行くらしい。この刻限に慌《あわ》てて出て行くのは、定廻りか臨時廻りしかいない。

また何か起ったのか……。

また、と思ったのは、昨日明神下辺りで御小普請世話役の者が刺殺されたという事件が起ったばかりだったからだ。

慌ただしい足音が廊下に響いた。塚越だった。

「何だか分からんが、定廻りが出て行ったぞ」

分からないのならば、玄関にいる当番方の同心に訊いてから知らせに来ればよいものを、そこまで気が回らないのが塚越だった。

「やはり、定廻りは大変だ。断ってよかったのかも知れぬな」

塚越はにやりと笑うと、くるりと背を向け、与力の詰所に向かった。与力の詰所は、一旦外に出、奉行所の玄関を入った右手奥にある。

断って、と言うのは、与兵衛が、悪党狩りをしていた《百まなこ》の正体を突き止めるという手柄を立てた時の話であった。

百まなこは目鬘《めかずら》とも言い、顔の上半分だけを隠す、童の遊び道具である。その百まなこを付け、悪行の証《あかし》を摑《つか》めぬために奉行所の追及を免れて来た者どもを、鮮やかな手口で続々と刃に掛けた者がいた。町屋の者たちは、百まなこと呼んで喝采を送った。しかし、いかな悪党でも御定法の裁きによって処罰されなければならない。南北両奉行所は定廻りと臨時廻りを総動員して百まなこを追ったのだが、杳《よう》として正体を摑めないでいた。与兵衛が、年番方与力・大熊正右衛門《おおくましょうえもん》に力量を見込まれ、探索を命じられたのは、そのような時だった。大熊は、見事百まなこの正体を探り当てた与兵衛に、空きが出来次第、定廻りの任に就くようすすめたが、与兵衛は断っていた。亡き父が務めていた町火消人足改に就くことを、母が強く望んでいるという事情もあったが、図らずも百まなこ探索を競い合う羽目になってしまった同心・中津川悌二郎《なかつがわていじろう》が百まなこの手に掛かり果てたがために、己に定廻りの席が回って来たという感触があったからでもあった。中津川の死を利用したくはなかった。

書き上げた日録を五十貝に見せ、帰路に就いた。寛助らを従えて歩くことにも馴《な》れて来ていた。定廻りのように派手な捕物をする訳ではなかったが、河岸や大店《おおだな》を小まめに回るので、顔を売る好機になる。寛助らにもそれなりの余録があるらしく、手下の米造や新七にも不満はないと聞く。

彼らに渡す小遣いは、高積見廻りとして町屋の者からもらった付届を充《あ》てている。

多岐代に言わせると、朝吉ひとりを供にしているより、寛助らが一緒だと思うと、安心なのだそうだ。小遣いなど安いものでございます、と言うのだが、三人の腕っ節の方は余り頼りにならなかった。

組屋敷の前で寛助らが帰った。朝吉は、木戸を通り、「お戻りでございます」と奥に声を掛け、多岐代と倅《せがれ》の与一郎《よいちろう》が現れたところで、式台に御用箱を置いた。

「ご苦労でした」

多岐代の言葉に頭を下げて、朝吉が木戸口から消えた。与一郎が御用箱を玄関脇の小部屋に運んでいる。ほんの三月前までは、小部屋に置くまでが朝吉の仕事であったが、今はそれを与一郎が引き継いでいる。子の成長により、身の回りの分担が少しずつ変ってゆく。それに気付くのは楽しいことだった。与兵衛は刀を腰から抜くと、

「母上の具合は、どうだ？」と多岐代に訊いた。

「まだおつらいようです」

「見てこよう」

庭に面した廊下を奥へと進んだ。隠居部屋の障子《しょうじ》は閉められており、中は静まり返っている。蒸し暑くないのだろうか。

障子を前に片膝を突き、声を掛けた。

「ただ今戻りました」

「お入りなさい」

障子を開けると、膏薬《こうやく》のにおいがした。母は、仰向けになったまま動こうとしない。病の時でも誰か来れば直《す》ぐに身を起す母が動かないということは、相当に痛むのだろう。

「いかがですか」

「見れば分かるでしょう。これがよいように見えますか」

「……膏薬は、効《き》きませぬか」

「貼り方が悪いのかも知れませんね」

嫌みな物言いだった。昔はここまできつくはなかった。多岐代を嫁にもらう少し前からのことになる。

親同士が決めた縁談の相手は、多岐代の姉の多磨代《たまよ》だった。母は多磨代をとても気に入っていた。その多磨代が祝言《しゅうげん》を前にして破談を願い出た。思い切ろうとしたが、どうしても思い切れぬ男がいるというのが、その理由であった。両家にとって不面目なことゆえ、もともと話はなかったことにしよう、と与兵衛の父が切り出した頃には、噂《うわさ》が組屋敷界隈《かいわい》に広がり始めていた。

——このようなことは、言えた義理ではないのだが。

多岐代の父は、姉の代りに妹をもらっていただけないか、と申し出て来た。そうしてくれねば、二度と世間に顔向け出来ぬという多岐代の父の苦衷《くちゅう》を察し、与兵衛は妹の多岐代を娶《めと》ることに決めた。不満がない訳ではなかったが、多磨代でなければならないという思いは特になかった。多磨代とは、父の親友・榎本喜平次《えのもときへいじ》の娘として二、三度短い言葉を交わしたに過ぎず、このひとが妻になるのか、と他人事《ひとごと》のように見ていただけだったのだ。後で知ったことだが、与兵衛の許《もと》に嫁ぎたいと言い出したのは、多岐代自身であったらしい。

多岐代は恙無《つつがな》く与兵衛の妻となり、二年後には嫡男《ちゃくなん》の与一郎も生まれ、今年で十歳になった。しかし、多磨代への思いが強かっただけに、母・豪の心は未《いま》だに晴れずにいる。

与兵衛は枕許を見た。盆の上に、吸呑みと膏薬が置かれていた。

「夕餉《よる》は、召し上がれますか」

「先に済ませました」

「それはようございました。食は、どうです？　進みましたか」

「進むように見えますか」

「召し上がらないと、精が付きません。治るものも……」

「治ったところで、楽しいこともないではありませんか。町火消人足改になれると決まったと言うなら話は別ですが」

「それについては、大熊様によくよく申し上げたと……」

「私は寝ます」与兵衛の言葉を遮《さえぎ》るようにして豪が言った。

「左様ですか。では、お休みなさい」

豪の返事はなかった。与兵衛は、そっと廊下に出、ふっと息を吐き、居室に戻った。

多岐代が台所から来て、後ろに回った。多岐代の手が肩に触れ、羽織が腕を擦り抜けた。

「いかがでございました?」

与兵衛は帯を解きながら、

「痛いのだろう。身動きひとつなさらなかった」言い終えた頃には、着ていた着物が足許に落ち、着替えの着物が肩に掛けられていた。前を合わせている間に、多岐代の腕が腰から回り、帯を当てた。

「昌庵《しょうあん》先生が仰《おっ》しゃるには、もう暫《しばら》く痛いそうです」

昌庵は、組屋敷の並ぶ北島町《きたじまちょう》に医院を構えているため、組屋敷の多くの者が懇意《こんい》にしている医師だった。

多岐代の声が足許から聞こえて来る。着物を畳んでいるのだ。

「済まぬな。面倒を掛けて」

「いいえ。却《かえ》ってお世話が出来てよろしいかと存じます」

豪は病気や怪我《けが》の時以外は、多岐代の手を借りようとはしなかった。

「御膳は、どれ程召し上がったのだ?」

「食べ易《やす》いようにと、小さなお結びにしてみました。ひじきを甘めに炊いて、ひじきご飯にしたところ、三つも」

「三つもか」

「小さいお結びでしたけど」

「美味《うま》かったのだ。そなたには頭が上がらぬ。礼を申す」

「礼はなしです。私は嫁です」

「そうか。そうだな。言わぬ。それよりも、私たちも食べられるのか、ひじきご飯を」

「勿論《もちろん》でございます」

「まっ、与一郎のようなことを仰しゃいますこと」

「嬉しいな」

思わず笑い声を上げそうになり、ふたりは口を押さえた。

夕餉《ゆうげ》が始まった。

豪が起きている時は与兵衛と豪と与一郎が食事を摂《と》り、多岐代は給仕に回るのだが、豪が伏せっていることもあり、ここのところ、多岐代もともに膳に着いていた。

この日も三人で食べることになった。

食事の最中は無駄なお喋《しゃべ》りはしない、というのが武家のたしなみであり、与兵衛は小さな頃からそのように躾《しつけ》られて来た。だが、榎本の家では姉妹ふたりの話を義父が面白がって聞いていたらしく、嫁いだ当初、多岐代は給仕をしながらよく話をした。

——榎本の家がどうであったかは知りませんが……。

豪がたしなめ、食事中のお喋りはなくなった。何も押し黙って食べることもないでしょう、と与兵衛が反論したこともあったが、返って来た小言の多さと、話が榎本の家への不満にまで及んだことに閉口し、話し合いを打ち切ったのだった。

豪が一緒に食事を摂る時の滝村家の食事は、ひどく静かなものだったが、豪が伏せっている時は榎本家の遣《や》り方で食事が進む。与一郎が、その日見聞きして来たことを話すのを、与兵衛と多岐代が聞くのである。

「母上は、唐茄子《とうなす》の団子《だんご》をご存じですか」

「いいえ」

与一郎が、俄《にわか》に胸を反らせるようにして、それは美味いものなのです、と小鼻をひくひくと蠢《うごめ》かせた。

「唐茄子をお団子にするのですか」

「裏漉《うらご》しした唐茄子に黒糖を加えて練ったものを、小指の先程の大きさに丸め、三つ串に刺して一本。それが三本一皿で、何と四文なのです」

「それは安いですね」多岐代が与兵衛に同意を求めた。豪が聞けば、武士たるものが団子の話をするなど以《もっ》ての外、ましてやその値段を取り沙汰《ざた》するなど言語道断《ごんごどうだん》、と一蹴《いっしゅう》するところだろうが、多岐代は羨《うらや》ましそうな声を上げている。

「お店はどこにあるのですか」

「それが、道場に行く途中にある茶店なのです」

「まあ」と多岐代が与兵衛を見た。

十歳の与一郎が、茶店の床几《しょうぎ》に腰掛け、団子と茶を飲んでいる姿を思い描いたのだろう。

「直治郎《なおじろう》か」と与兵衛が訊いた。

直治郎は牢屋見廻り同心の次男で、組屋敷から新和泉町《しんいずみちょう》の谷口《たにぐち》道場に通っている数少ない仲間のひとりだった。恐らく、直治郎が兄から団子のことを聞き、与一郎を誘ったのだろう。兄がいるだけに、同い年の与一郎よりも、世故《せこ》に長《た》けていた。

「はい」与一郎が白瓜《しろうり》の漬物を噛みながら言った。

「どこなのだ?」与一郎に訊いてから、「そなたも食べてみたいであろう?」

多岐代に問うた。多岐代が箸《はし》を止め、頷《うなず》いた。

「親父《おやじ》橋の西詰にある茶屋です」

照降町《てりふりちょう》と葭町《よしちょう》を結ぶ橋が親父橋である。道場に行く途次にあった。

「近くに行ったら寄ってみよう」

その一言で、与一郎は道場主の谷口得二郎《とくじろう》からの言伝《ことづ》てがあったことを思い出したらしい。

「忘れていました」

「何か、な」

「お忙しくなければ稽古《けいこ》にいらっしゃいませんか、とのことです。それを申し上げようとしたのですが、その前に団子の話をしていたら、すっかり……」

「ひとならば、忘れることは必ずあります。ですが、大切な御用だったら困りますからね。話す時は、まず用件から話しなさい」

多岐代が、与兵衛を見た。小言は言い終えた、と言いたいのだろう。

「私も行こうとは思ってはいたのだ。近いうちに伺うとでも申し上げておいてくれ」

「承知しました。言伝てを忘れ、申し訳ありませんでした。以後気を付けます」

「うむ」

与一郎が箸を置いた。この後は、八畳の自室に戻り、論語を読むのが日課である。立ち上がる前に、もう小言を食らったことなど忘れたような顔をして、唐茄子の団子ですが、と与兵衛と多岐代に言った。

「あれは、間違いなくおばば様も気に入られるはずです。味の程は請《う》け合います」

与一郎の言葉に、多岐代が口許を隠して笑った。

「請け合います、か。大きく出たな」

与兵衛も思わず噴き出してしまった。

二

八月十一日。朝五ツ（午前八時）。

奉行所の大門を潜ると、張り詰めたものが漲《みなぎ》っていた。与兵衛は足を止めると振り向き、門番の足軽に訊いた。

「何が、あった？」

ふいの問いに驚いた門番は、ひとつ唾《つば》を飲み込み、

「押し込みがございました」と言った。「場所は橘町《たちばなちょう》一丁目の煙草《たばこ》問屋《相州《そうしゅう》屋》。ただ今、当番方と定廻りの方々が出向いておられます」

「怪我人は？」

「一家皆殺しとのことで」

「分かった」

与兵衛は門番に礼を言うと、寛助と手下のふたりを大門の脇に呼んだ。

「相州屋か。千鳥《ちどり》橋と汐見《しおみ》橋の真ん中辺りだな」

「あそこは手堅い商いで知られておりやすからね。蔵には相当の蓄《たくわ》えがあったはずで

ございやす」

「それを狙《ねら》われたのか」

「旦那、お調べに？」手下の米造が身を乗り出した。

「役目違いだ。役に立てることもあるんじゃねえかとは思うが、頼まれなければ、口出しは出来ねえな」

伝法な物言いが、するりと口を衝《つ》いて出た。

手先や町屋の者と話す時は、町屋風の物言いをする。八丁堀同心の中でも、市中を出歩く外役の者は、それが習い性となっていた。

寛助が米造を軽く睨《にら》んで見せた。

「恐らく舟だな」と与兵衛が、ふたりに構わずに言った。「堀を舟で行き、襲い、また舟で逃げたんだろう」

賊の侵入に気付いた者はあったのか。何か物証《あかし》でも遺《のこ》していれば別だろうが、皆殺しとあっては、賊を割り出すのは難しいように思えた。

「それよりも、お役目だ。今日もあちこち歩くからな」

「へい」

「……そうか」と与兵衛が、呟くように言った。「浜町堀《はまちょう》を見回るという手もあるか」

寛助が、眉《まゆ》を開いて、首を伸ばした。米造が寛助の袖《そで》を引いている。
「では、後でな」

与兵衛は、朝吉と寛助らに言い置くと、高積見廻りの同心詰所に向かった。

長屋門内の廊下を行くと、詰所から話し声が聞こえて来た。誰かが来ているとすれば、担当与力の五十貝五十八郎しか考えられない。五十貝がいるとなると、見回り前に何か伝えたいことがあるのだ。それが高積見廻りの役目のことなのか、それとも、何か特別の役目を伝えに来たのか。百まなこ探索の日々が、与兵衛の脳裏をよぎった。

もしかすると。

己の心の中に、何ごとかを期待する思いが膨《ふく》らんで来ていることに気付いた与兵衛は、わざとしかつめらしい顔を作り、襟許を直しながら詰所の敷居を跨《また》いだ。案の定、五十貝がいた。腰を下ろし、畳に手を突き、挨拶《あいさつ》をすると、

「おう」五十貝が右手を上げて応え、「また十五日が来るのでな」と言った。

十五日。それでか……。

与兵衛の肩が僅かに下がった。

八月十五日は八幡宮《はちまんぐう》の祭日である。その上に捕えられた亀や鶴や鰻《うなぎ》などの生き物を解き放つ放生会《ほうじようえ》の行事が重なるので、各所の八幡宮は大きな賑《にぎ》わいを見せる。特に深川《ふかがわ》の富岡《とみおか》八幡宮の賑わいは大変なもので、高積見廻りにとっては頭痛の種であった。

獲物を狙って徘徊《はいかい》する掏摸《すり》や掻《か》っ払《ぱら》いを警戒するばかりでなく、小銭ほしさに堀や川に入る子供らを見張らなければならなかった。

放生会で生き物を解き放つためには、放つための獲物が要《い》る。そこが子供らの稼ぎどころになる。鶴や鰻は手に負えないが、動きの遅い亀なら子供らでも捕えられる。捕えた亀は、辻売りの放し亀屋に一文で売る。それを放し亀屋が客に四文で転売するのだ。子供らは亀を数匹捕まえては、小銭を握り締めて駄菓子を買いに走る。食べ終えてしまうと、また亀を探しに水辺に舞い戻る。

昨年、そうした子供のひとりが川の深みに嵌《はま》り、溺《おぼ》れ死ぬという事故が起ってしまった。

「あのようなことが起らぬよう、今年は一帯の名主たちが声を掛け、月行事を中心にした見回り組を設けてくれることになったが、それはそれ。我々も手抜かりのないように見回らねばならぬ」

「心得ております」塚越が、ぐいと乗り出すようにして言った。「万事、私にお任せ下さい」

「其《そ》の方《ほう》が言うと、どういう訳か、安堵《あんど》出来ぬのだがな。定廻りも臨時廻りも、物騒な事件が相次いでいるから手伝いを期待することは出来ぬ。ふたりとも、本当に、頼むぞ」

「私も気を引き締めて参ります」

私のお役目は高積見廻りだ。まず、それを大過なくこなさなければならぬ。与兵衛は、気持ちを切り替えて応えた。

「妙だな、与兵衛が言うてくれたお蔭で、俄に安堵いたしたわ」

「それは余りなお言葉、塚越丙太郎、立つ瀬がございません」

「言い過ぎたか」

「はい」

「まあ、気にするな」

「はい。しないことにいたしましょう」

ははは、と塚越が笑い、五十貝が笑った。

この日、見回りに行く場所を確認し、五十貝は与力の詰所に戻って行った。

塚越も格別五十貝に言われたことを気にしている風でもなく、見回りに出掛けようとしていた。

「どうした？　行かぬのか」

塚越に促《うなが》され、与兵衛も見回りに出ることにした。

与兵衛が選んだ見回路《みちすじ》は、伊勢町《いせちょう》堀周辺と、神田《かんだ》堀と浜町堀が鉤《かぎ》の手にぶつかっている橋本町《はしもとちょう》辺りの河岸であった。

その順路ならば、浜町堀の様子を窺《うかが》うことが出来た。昨日とまったく違うところを見回る。与兵衛としては思い切った選択をしたつもりでいたのだが、五十貝と塚越は何の感興も示さなかった。

各所で手間を取らなければ、新和泉町の谷口道場に顔を出せるかも知れない。与一郎が稽古《けいこ》に通う日は偶数日だったが、それを斟酌《しんしゃく》していると、いつ行けるか分かったものではない。久方振りに谷口得二郎に会っておこう。

伊勢町堀には何の問題もなかった。河岸にもお店先にも、荷を乱雑に置いてあるところはなく、お定めを守っていた。与兵衛らは大伝馬町《おおてんまちょう》、小伝馬町《こでんまちょう》、亀井町《かめいちょう》のお店を見回りながら橋本町に出、河岸を見回りながら浜町堀沿いに南に下った。

馬喰町《ばくろちょう》を横切り、東緑《ひがしみどり》河岸で荷揚げしている人足の仕事ぶりを見、緑橋を越えた。

「旦那、まさか相州屋にお寄りで」寛助が訊いた。

「いや。堀を見るだけだ。賊が逃げるのに使ったのならば、その痕跡《あと》があるかも知れねえからな」

「承知いたしやした」

汐見橋を南に見ながら堀沿いの道を行くと、鉢巻《はちまき》を締め、尻《しり》っ端折《ぱしょ》り、六尺棒を手にした捕方の姿が見えた。相州屋の前に立ち、ひとが近寄らないように睨みを利《き》かせている。

捕方のひとりが与兵衛に気付き、頭を下げた。もうひとりも慌てて倣《なら》った。

「ご苦労」

一声掛けてから、潜り戸の中を見たが、薄暗くて様子は分からなかった。

与兵衛は通りを横切り、堀を覗《のぞ》いた。河岸が長く続いていた。

石段を下り、河岸の縁《ふち》に立った。黒く淀《よど》んだ水が、中洲の方へと真《ま》っ直《す》ぐ延びていた。

辺りの河岸を調べたが、賊の痕跡を思わせるようなものは何もなかった。

仕方ねえな。

これ以上余計な探索は出来ない。本来の役目であるお店の荷の具合を見回りながら、浜町堀を下り、入江《いりえ》橋の手前で右に折れた。

この辺り、難波町《なにわちょう》、住吉町《すみよしちょう》、高砂町《たかさごちょう》、新和泉町は、明暦《めいれき》の大火（一六五七年）後、吉原《よしわら》が浅草《あさくさ》に移された跡地に出来た町だった。今では吉原があったという面影《おもかげ》はなく、菓子舗や醬油《しょうゆ》問屋などとともに剣術の道場まである。与一郎が通っている谷口道場は新和泉町にあった。

竈《へっつい》河岸を見回った後、朝吉と寛助らを蕎麦《そば》屋の二階で待たせ、与兵衛は谷口道場を訪ねた。

刻限は四ツ半（午前十一時）を少し過ぎている。朝からの稽古が仕舞《しまい》に向かう頃合だった。

道場に近付くと竹刀《しない》を打ち合う音が聞こえて来た。武者窓から覗くと、武家の若侍らが組太刀《くみだち》の稽古をしていた。

門を入った。塵《ちり》ひとつなく掃き清められ、水が打たれている。思わず身が引き締まった。

案内を乞《こ》うと、高弟の沼田一馬《ぬまたかずま》が現れ、道場に導かれた。一礼して道場の床を踏み、入口近くに腰を下ろした。

目敏《めざと》く気付いた谷口得二郎が、隅《すみ》を伝うようにして来ると、

「どうです？」

と道場の中央に目を遣った。稽古をしませんか、と誘っているのだ。

「そのつもりで参りました」

「ありがたい。では、久しぶりに荒木《あらき》とお願いします」

荒木継之助《つぐのすけ》は、沼田と並ぶ高弟のひとりで、剣の筋のよい男だった。だが荒木とは、もう一年近く竹刀を交えておらず、まさか突然荒木と稽古をするとは思ってもいなかった。

「承知しました」

与兵衛は羽織を脱ぐと、介添《かいぞえ》の者に手渡し、竹刀を選んだ。

谷口が手を叩いて稽古を止めさせ、模範稽古を行うことを告げている。

荒木継之助と与兵衛の名を聞き、門弟たちの間にざわめきが起った。与兵衛が道場に立つのは、四カ月振りのことである。その時の相手は、亡き中津川悌二郎であった。

先程までの喧噪《けんそう》が嘘《うそ》のように静まり返っている。

与兵衛と荒木が、道場の中央に進み出た。間合は九歩。三歩ずつ詰めると、一足一

刀の間合が残る。礼を交わし、摺《す》り足で三歩進み、竹刀を抜き合わせた。

「一本勝負。始め」

谷口が後ろに下がった。

荒木の竹刀の切《ひ》っ先が細かく上下に揺れた。打ち込む機を窺っているのだ。誘うか。こちらが退き足を使いながら切っ先を三、四寸も下げてやれば、打ち込んで来るかも知れない。

それで小手を食らうようならば、この一年、何も腕を上げていないことになる。

切っ先を僅かに上げてから、下げた。与兵衛が下げ止めた瞬間を狙って、荒木が床板を蹴った。踏み込みは十分だった。荒木の竹刀が伸び、与兵衛の小手を捕えたかに見えた。が、荒木の打ち込みよりも、与兵衛の退き足の方が速かった。荒木の竹刀が虚空《こくう》に流れた。その間《あわい》を狙って、与兵衛の竹刀が荒木の小手に飛んだ。

(取った)

確信に近い感触が与兵衛にはあった。しかし、与兵衛の竹刀は荒木の小手を捕えずに柄《つか》を叩くに留まっていた。

与兵衛の退き足に続く打ち込みを予知して、荒木は右手を柄から離していたのだ。

道場に溜息が満ちた。荒木が大きく飛び退き、竹刀を両の手で握り直した。

「よく考えた、と褒《ほ》めてやりたいが、躱《かわ》しているだけでは勝てんぞ」

「分かっております。今度は、私の番です」

荒木は正眼の構えから足指をにじるようにして間合を詰めると、激しく打ち込んで来た。一の太刀を躱され、二の太刀を受けられ、三の太刀を弾《はじ》かれても執拗に打ち込んで来る。荒木の竹刀には、伸びがあった。一年前には感じられなかった伸びだった。

腕を上げたのだ。打ち込みに鋭さがあった。勝てる。恐らく、荒木はそう思ったに違いない。与兵衛の退き足に心を残しつつも、荒木は裂帛《れっぱく》の気合とともに、上段から打ち下ろした。与兵衛は下がりながら小手に来る。そう信じて疑わない一撃だった。だが、与兵衛は前に飛んだ。あっ、と荒木が思った時には、与兵衛は上段からの打ち込みを躱すと、荒木の脇を擦り抜けざまに胴を打ち据えていた。与兵衛の竹刀が音高く鳴った。

「それまで」

谷口が与兵衛の勝ちを告げた。門弟らの口から響動《どよめ》きが起った。

「参りました」荒い息を吐きながら、荒木が言った。

「何の。この一年の上達振りから判ずると、後三年もすれば、私は勝てなくなる。気張ることだ」

「ありがとうございました」

荒木を迎え、門弟らが口々に称賛の声を掛けている。与兵衛の退き小手を躱したのは、荒木が初めてだった。

「お茶でもいかがですか」谷口が奥へ誘った。

道場に続く六畳と八畳の座敷が、谷口の住まいとなっていた。谷口得二郎は独り身で、六畳に隣接する台所に通いの者が来て煮炊きをしてくれている。

与兵衛は、同じ一刀流《いっとう》でも谷口派とは違う小絲派《こいと》で一刀流を修めていた。小絲派の道場は、道場主が病没した後、後継者問題で揉《も》め事が起り、それで足が遠退いてしまったのだった。そこで、手直しにと通い始めたのが得二郎の父・長二郎《ちょうじろう》が開いた谷口道場であり、得二郎は師匠の息子という関係になる。にも拘《かかわ》らず、得二郎は与兵衛に対し丁寧な物言いをした。

自ら淹《い》れた茶を勧めながら、谷口は荒木をどう見たか、と尋ねた。

「剣に伸びがありました。腕を上げられた、と感じましたが」

谷口は頷くと、話がありましてな、と言って、ある大名家の名を上げた。

「出稽古に来てくれないか、と言うのです」

「よいお話ではありませんか」

「そう思われますか」

「教える術《すべ》は身に付けておられるし、腕も申し分ありません。教えることで、更に上がると思いますが」

「私もそのように考えておりました。が、何しろ父から道場を継いで、このようなことは初めてなので、滝村さんのご意見を聞きたくて、稽古にかこつけてお呼び立ていたしました。お許し下さい」

「何の、こちらこそ、久しぶりに気持ちのよい汗を掻《か》かせていただきました」

「実は」と谷口が小声になった。

「出稽古に行くと、お手当が月に一両二分出るのです。これで荒木は、独《ひと》り立ち出来るのです」

　荒木は、御家人の三男坊だった。養子の口が掛からなければ、一生部屋住みの身に甘んじなければならなかった。

「そのことは、荒木にはもう？」

「いいえ、これから話すところです。汗を拭《ふ》き終えたら、ここに来るように言っておきましたので、もうそろそろ……」

谷口が言い終わらぬうちに、廊下に足音が立った。

道場を出、青く高い空を見上げた。白い千切れ雲がひとつ、ぽかりと浮かんで流れて行く。まだ暑さは残っていたが、空の高みには秋が来ているのだ。気持ちがよかった。心が晴れ晴れとしているのが分かった。

剣はいい。道場はいい。一生を道場の板床の上で過ごせたら、どんなによいか。ふと、谷口得二郎に羨ましさを感じた。帯に手を当てた。十手があった。剣一筋には生きられない己が、ここにいた。道場に一礼し、門を出、蕎麦屋に向かった。

寛助らが首を長くして待っていた。済まねえな。大急ぎで蕎麦切りを一枚手繰《たぐ》り、店を出た。

「これから、どちらへ？」寛助が訊いた。

「入堀《いりぼり》を見てから小網町《こあみちょう》を下り、崩橋《くずれはし》まで見回って終《しま》いかな」

「承知いたしやした」寛助が手下の米造と新七を見た。ふたりは頷き返すと、先頭と殿《しんがり》に回った。

人形町《にんぎょうちょう》通りから堀留《ほりどめ》二丁目に抜け、堀留町入堀を南に下る。ここと伊勢町堀は、往《い》きか帰りに通ることが多いので、お店や船宿も心得ており、お定めに反するような行いは少なかった。注意を促すようなこともなく、葭町に出た。与兵衛が先を行く米造を呼び止めた。

「渡るぞ」

「あちらに何か？」寛助が素早く、橋向こうの照降町を見遣《や》り、問うた。

「茶屋があるんだ」

「へい？」

「そこでちょいと休む」

「まさか、滝与の旦那、もうお疲れで？」

「んなはず、ねえだろ。団子を食いたいだけだ」

「団子でございやすか」

「それがな。裏漉しした唐茄子をな……」

与兵衛は与一郎の話したことを受け売りした。

「そいつぁ食わなければ。行きやしょう」寛助が我先に親父橋を東から西に渡った。

二軒ある腰掛茶屋のうちの一軒に、客が付いていた。

唐茄子団子の貼り紙も見えた。

「団子、あるかい？」寛助が茶屋の女に訊いた。

でっぷりと太った茶汲み女が、寛助と与兵衛らを見て、にっこりと笑いながら答えた。

「出来たてのが着いたところです。たんとございます」

「五人前、頼むぜ」

五人連れが茶屋の正面を占領しては、他の客が入れなくなる。与兵衛らは、堀際の床几に腰を下ろした。爪先《つまさき》の下は入堀である。

茶と団子が運ばれて来た。

成程唐茄子の色をしている。細い串に団子が三つ。小指の頭程の大きさである。一皿に、それが三串載っていた。

食べた。餅《もち》の粘り気はないが、唐茄子と黒糖の風味が口中に溢《あふ》れた。

「お代りをくれ。それと二人前ずつ、土産《みやげ》を作ってくれるか」与兵衛が言った。

「五人様、それぞれに？」女が訊いた。

「そうだ。俺たちで食い荒らしちまうようで気が引けるが、いいかい」

「さっきたくさんあるって申し上げましたよ、旦那」女が手首をしなっとさせて、叩く真似《まね》をした。

「そうだったな」

「滝与の旦那、あっしらの分は、これで結構でございますよ」寛助が皿を目の高さに持ち上げた。

「遠慮するな。土産のひとつも買って帰っておけば、少しくらい遅くなっても大目に見てもらえると言うものだ。後々のためだ」

「では、いただくか」寛助が米造と新七に言った。

「そうしろ、そうしろ」与兵衛は残りの一本をしごき取り、お代りの皿を手に取った。

笑いさざめく与兵衛らの足許を小舟が通った。小舟には船頭の他に四十代に入った頃合の男がひとり乗っていた。

男は、僅かに顔を上げ、与兵衛を見た。黒羽織に着流し姿であることから、直ぐさま八丁堀《はっちょうぼり》同心と断じたのだろう。男はひどく険しい目をして与兵衛を見据えると、膝許に置いてあった藍染《あいぞ》めの、長さ三尺（約九十センチ）程の細長い袋を握り締めた。

小舟は思案《しあん》橋を潜ると、日本橋川を南に遠ざかって行った。

三

八月十二日。夕七ッ（午後四時）少し前。

市中の見回りを終え、詰所に戻った与兵衛を、五十貝五十八郎が待ち受けていた。

「日録は後だ。付いて参れ」五十貝が立ち上がりながら言った。「大熊様がお待ちだ」

見回りの不手際を詰問《きつもん》されるような覚えはなかった。とすると――。

「また手伝え、と？」

百まなこの例《ためし》がある。何か言って来るかという思いもあり、昨日は浜町堀を見に行ったのだ。

「話を伺わねば分からぬが、恐らくはな」

「その時は、お受けしてもよろしいのでしょうか」

「前の時も何とか按配出来たのだ。こちらの仕事《こと》は気にするな」塚越が、日録を書く筆を止めて言った。

「其の方は、刻限が来たら、日録をそこに置いて帰るがよいぞ。後で見ておく」

「そうは参りません」塚越は、わざとらしく憤《いきどお》って見せた。「たったひとりの同輩《ともがら》です。ことの成り行きを見定めてから帰宅することにいたします」

「好きにいたすがよい」

脇差《わきざし》のみを腰にして、長屋門内の詰所を出た。一日の務めを終え、組屋敷に戻る者たちを横目に、年番方の詰所へと向かった。

詰所には、定廻り同心の占部《うらべ》鉦之輔《かねのすけ》も同席していた。百まなこの時と同じである。

「お待たせをいたし、申し訳ございませんでした」五十貝が大熊正右衛門に頭を下げた。

与兵衛も、深く低頭した。

「何の。日々のお役目をないがしろにしておらぬ証だ。好ましいことである。見回り、ご苦労であったな」

「はっ」与兵衛は、更に深く頭を下げた。

「其の方を呼んだのは他でもない。察しは付いておろうが、また其の方の眼力を見込んで助《す》け働《ばたら》きを頼みたいのだ。受けてくれるな?」

答える前に、与兵衛は五十貝を見た。

「五十貝」と大熊が言った。「高積見廻りは同心ふたり。そのひとりを探索に借り受けるとなれば、塚越と与力の其の方に迷惑を掛けること、必至である。が、そこをまげて頼む」

「過分なお心遣い、痛み入ります。滝村の力量をお認めいただき、嬉しく存じている次第にございます。滝村も、探索に加われることを喜んでおりましょうし」

「そうか。済まぬな」大熊が五十貝から与兵衛に目を移した。「聞いての通りだ」

「何をいたせば、よろしいのでございましょうか」与兵衛は、大熊と占部を見ながら訊いた。

「このところ、凶悪な事件が立て続けに起っていることは、其の方も聞き及んでおるだろう。九日には御小普請世話役が路上で何者かに殺され、十日の夕刻には本所《ほんじょ》の空き家で殺しがあった。更に昨夜は橘町一丁目の煙草問屋相州屋に押し込みが入り、主《あるじ》の善兵衛《ぜんべえ》一家三人を含む十二人の者が殺された。この押し込みだが、正体はまだ分かっておらぬ。しかし、手口の荒っぽさからすると、京大坂を荒らし回っていた白烏《しろからす》の伝蔵《でんぞう》一味かも知れぬ。伝蔵らが、江戸で盗みを働こうと、東海道を下ったという噂も届いておるゆえ、大坂町奉行所に仔細《しさい》を尋ねているところだ。助けを頼まず、昔からの仲間だけで押し入る厄介《やっかい》な盗賊だ。一味によそ者が混じれば、事が露見《ろけん》しやすいものだが、伝蔵だとすれば、その辺りの詰めは甘くない」大熊は、一旦言葉を切ると、再び口を開いた。「と言うても、まだ伝蔵の仕業《しわざ》と決まった訳ではない。これから調べていくところだ。実は、昨日の押し込みは、とんだ見込み違いであった。相州屋の蔵に金がなかったのだ。運よく難を逃れた通いの番頭がいてな。その者が言うには、大名貸しと仕入れに金を回したところで、月末までまとまった金はなかったそうだ」

「十二人殺して」と占部が、話を引き取り、続けた。「夜盗どもが手にした金は、僅かに百両足らず。どれだけ一味の者がいるか分からねえが、頭割りにしたら、ほんの雀《すずめ》の涙だ。これでは、伝蔵であろうとなかろうと、江戸は売れめえ。またどこかを狙うかも知れねえし、分け前のことで仲間割れを起すかも知れねえ。捕える好機だとは思わねえか。定廻りも臨時廻りも、およそ手隙《てすき》の者は、すべて押し込みの探索に掛かり切りになるって訳だ」

「そこでだ。其の方には御小普請世話役の件を引き受けてもらいたいのだ。殺されたのは御家人である。当然御目付が支配違いを楯《たて》に、町方の手出しを拒《こば》むであろう。また家の者も、町方には何も話さぬかも知れぬ。それを掻い潜り、殺害《せつがい》せし者が誰か、調べてくれ。その者が御家人ならば、支配違いで我らは手出し出来ぬゆえ、手を引くしかないが、万一町屋の者の仕業と判明した時には、奉行所の獲物《もの》だ。直ちに儂《わし》か占部に知らせてくれ。よいな」

「…………」

五十貝が、ちらと占部を見て、目を伏せた。与兵衛は、気付かぬ振りをして占部に訊いた。

「これまでに分かっていることを、お教えいただけますか」

「殺されたのは、御小普請世話役の吉村治兵衛。場所は明神下から下谷御成街道に抜ける通りでな。平永町《ひらながちょう》代地と柳原岩井町《やなぎわらいわいちょう》代地を、それぞれふたつに分けるように走っておるのだが、分かるか」

「存じております。町屋の先が武家屋敷になっている通りでございますな」

「そうだ」占部は、吉村治兵衛が、通りに住まう御小普請組頭の斎藤仁右衛門に文書を届けての帰りであったことを話した。「その文書には、吉村殿が世話役を務めている九の組の者の、人となりや日々の暮らし向きなどが事細かに記されていたという話だ」

「それを盗もうとしたのでしょうか」五十貝が言った。

「そうであるならば、斎藤家を訪《おとな》う前に殺して奪うであろう」大熊が言った。

「左様でございますな。では、見ていた者は？」

「五十貝様、ここは順を追ってお話しいたしますゆえ、暫《しば》しお待ち下さい」

占部は五十貝を柔らかく制すると、天井を見上げるようにして与兵衛に言った。

「吉村殿が殺された九日は、ひどい雨の日であった……」

武家屋敷に挟まれており、おまけに雨だ。人通りが少ない。時と場所を選んでいること。吉村殿が訪ねた家を辞して間もなくであること。吉村殿の動きを調べ上げた上での殺しであることは、間違いあるまい。紙入れには手が付けられていないことからも、ただの物盗りとは思われぬ。吉村殿の役目は、言ったように御小普請世話役だ。これが、怨《うら》みを買い易い役目であることは想像に難くない。

「小普請組にいる者は貧しく、賄《まいない》を贈る余裕などない者が多い。だが、その貧しさから抜け出すために無理な金策をし、某《なにがし》かの金を贈ったとする。それで望みが叶えばよいが、御番入りは叶わず、借金だけが残ったとする。となると、ひとはその苦しみや哀しみを紛らすために、怒りをぶつける相手を探すことになる。あいつ、だ。俺のことなど分かりもしないくせに、出鱈目《でたらめ》を書いたに相違ない。そういう恨みつらみで、殺されたのではないかな。分不相応な賄を贈った者の仕業だろう、と俺は睨んでいる。もっとも、これは飽《あ》くまでも俺ひとりの考えだがな」

大熊が咳払《せきばら》いをし、己の考えを押し付けるではない、と低い声でたしなめた。占部は月代《さかやき》の辺りに爪《つめ》を立てて掻くと、

「そこで」と言った。「殺した者だが、考えられるのは三つ。まず、御家人ならば、支配違いとなる。第二に、御家人某に依頼された殺しの請け人。これは我らの支配のうち、となる。その場合、滅多突《めったづ》きという手口から、殺しの請け人をひとり思い浮かべることが出来る。《犬目《いぬめ》》だ」

「聞き覚えはあるか」大熊が訊いた。

「ございません」

「五十貝は、どうか」

「勿論、ございます。四、五年前のことと存じますが、平永町の料理茶屋の主が、女房と倅の嫁共々殺されたという事件《こと》があったやに。あれが犬目であったと」

「うむ。ちょうど五年前になる。その後、奴が殺しをしていたかどうかは、今のところ不明だ。死体が出ていないだけかも知れぬでな。殺し方が残虐《ざんぎゃく》なところから犬目と呼ばれている者らしいのだが、もし犬目の仕業だとすると、武家を初めて殺《あや》めたことになる」

「これまでは、町方ばかりなのですか」

「ひょっとすると武家もあったのかも知れぬが、病死で片付けてしまったであろうな。犬目については、ほとんど何も分かってはいない。だが、百まなこを見事捕えた滝村ならば、と思うたのだ。百まなこ同様、年の頃も男か女かも、皆目《かいもく》分からぬものだが、其の方ならば、何とか探り出せるのではないか」

「滅多突きが犬目の手口とのことでございますが、滅多突きというのは、請け人という玄人《くろうと》の遣《や》り口ではないようにも思われますが……」

「確かにな。頭に血が上った藤四郎《とうしろう》がやりそうなことだ。だが、犬目の場合はやたらに突き刺すというのとは、ちと違う。幾つも傷を負わせるが、必ず刺す場所というのがある。顎《あご》の裏から脳天に掛けて、だ。此度《こたび》のふたりにも、それがあった。尤《もっと》も吉村殿は刺し傷であったが、逃げようとしたのを追ったものか、中間のは斬り傷であったがな。犬目だとすると、中間の傷は唯一のしくじりとなる」

しくじりという言葉が、与兵衛の勘に引っ掛かった。犬目のように、己なりに殺しの作法のようなものに固執する者が、しくじりであろうと例外を作るというのが信じられなかった。もしかしたら、犬目ではないのかも知れぬ、とふと思ったが、それは今回一件だけの話で、犬目という請け人がいることに相違はない。ここまでは理解した旨《むね》を、伝えた。

「それでは、話を進めてもよろしいでしょうか」占部が大態に慇懃《いんぎん》に尋ねた。

「うむ」

「第三に考えられるのは、犬目でも御家人でもなく、それらとはまったく関わりのない者がやった、という場合だ。つまり、路上での喧嘩《けんか》いさかいの類《たぐい》だな。だが、それにしては、吉村殿と供の中間が、執拗に刺されて殺されているのが解《げ》せぬのだ。そこまでする必要はないであろうからな」

「中間が殺しの目的で、世話役殿が巻き添えを食ったとは？」与兵衛が訊いた。

「おう」五十貝が唸《うな》って、手を打った。「成程《なるほど》。あり得るな」

「いや、それはないでしょう。何となれば、吉村殿は腹や胸などを八箇所刺され、中間は背などを四箇所刺されていたに過ぎません。恐らく、吉村殿を先に狙い、逃げようとした中間を背から刺したものと思われます。刺し傷の数の差も、どちらを狙っての殺しかを物語るものでしょう。それと大熊様が仰《おお》せになったように、顎裏の傷です。吉村殿にはあり、中間のは斬られているだけだ、ということからも、やはり狙いは吉村殿だと考えられます」

　占部は、与兵衛に目を向け、この三つのうちのどれかだ、と言った。

「後は、お前さんの鼻が頼りだ」

「吉村治兵衛殿の周辺《まわり》をどこまで調べられるか。まずは、そこが鍵のようでございますな」

「うむ。ほとんど五里霧中《ごりむちゅう》なのだが、ひとつだけ耳寄りな話がある。殺しのあった刻限に、御成街道の方へ走って行く町屋の者を見掛けた者がいた」

神田山本町《やまもとちょう》代地にある鼈甲櫛笄簪所《べっこうくしこうがいかんざしどころ》《京屋《きょう》》の小僧だ。もしこの小僧の見た者が殺したのであれば、町屋の者の仕業ということになる。そうとなれば、動き易くなるであろう。

「どうだ、出来そうか」占部が尋ねた。

「犬目を捕えたとなれば、欠員が出次第、定廻りになってもらう。よいな。百まなこの時は断られたが、此度はそうは行かぬ。それだけ、儂らは其の方の腕を信頼しておるのだ」大熊が言った。

「実《まこと》でございますか」五十貝が、膝を進めた。

「大熊正右衛門繁紀《しげのり》に、二言はない」

「お受けせい」五十貝が口から唾を飛ばして言った。「高積見廻りの名を高める好機だ」

「お引き受けいたしますが」

与兵衛は、高積見廻りの役目も行うことを条件に出した。

「例えば、十五日は八幡宮の祭礼でございます。ご存じのように、放生会と重なることで、大変な賑わいとなります。そのような時は、高積見廻りの役目を優先させていただき、他の日は逆に、ご依頼の一件を優先させていただくということでよろしければ」

「承知した」大熊が呑《の》んだ。

「どこから調べる?」占部が問うた。

「まず犬目からにいたします。何も知りませんので」

「分かった。椿山《つばきやま》に伝えておく。犬目に関するお調書を、明日にでも見せてもらうがよいぞ」これは、と言って占部が懐からお調書を取り出し、与兵衛に渡した。「吉村治兵衛の一件のお調書だ。渡しておこう」

年番方の詰所を辞し、高積見廻りの同心詰所に向かうところで、五十貝が憮然《ぶぜん》として言った。

「大熊様も占部も、何だ。手口を見れば、確かに犬目が関わっているという推測も成り立つが、この一件、御目付にでも出て来られてみろ。支配違いで振り回されてしまう。そうだと踏んで、そなたに貧乏籤《くじ》を引かせるつもりなのではないか」

「だとしても、見逃す訳には参りませんでしょう。犬目かも知れませんし」

「それは、そうだが」まだ鼻孔《びこう》を膨らませていた五十貝が小さく、あっ、と声を上げ、四囲を見回してから言った。
「瀬島《せじま》だ、瀬島亀市郎《かめいちろう》が何か言い出したのではないか」
瀬島は定廻り同心の最古参で、六十一歳になる。疾《と》うに隠居し、家督《かとく》を子に譲《ゆず》って
よい年だった。
「倅の利三郎《りさぶろう》も二十五だ。亀市郎が今年で隠居するとか、内々に大熊様に申し出たの
ではないか。そこで、そなたにあれこれと経験をさせたくて、支配違いの絡《から》む難しい
一件をお命じになられたのかも知れぬ。元々、犬目は瀬島と占部が追っていた請け人
だからな。心して掛かれよ」
「えっ」与兵衛は一驚した。大熊も占部も、誰が犬目の探索をしていたのか言わなか
ったので、問わなかったのだが、まさか占部も噛んでいたとは。「どうして、それを
言ってくれなかったのでしょう？　占部さんに詳しいことを尋ねることが出来たの
に」
「だからだ。話を聞いて滝村が予断を持たぬように、と敢《あ》えて言わなかったのだ。本
音を言えば、占部は話したくてうずうずしていたのだろうがな。そなたは、そなたの
考えで追えばよいのだ」これで、そなたが犬目を捕えてみろ、と五十貝が言った。
「瀬島に代わるべきはそなただ、ということが、より鮮明になるではないか。大熊様

は、そこまで考えられたに相違ないぞ」

そういう御方なのだ、あの方は。五十貝は、うんうん、と二度頷き、

「後のことは」と言った。「任せておけ。塚越と手分けするでな」

「出来るところまではやらせていただきますが、何分よろしくお願いいたします」

「相分かった」

五十貝の足が速くなった。

「まだ待っておったら、偉いものだ」

板廊下を行き、高積見廻りの同心詰所に入った。薄暗くなった部屋には、ひとの気配はなかった。塚越の文机《ふづくえ》の上には日録と、遅いのでお先に失礼、と記された紙片が一枚置かれていた。

「彼奴《きやっ》らしいわ」

五十貝が、気持ちよさげに笑った。見回りから帰って、初めて見る笑顔だった。

第二章　支配違い

一

　八月十三日。朝五ッ（午前八時）過ぎ。

　出仕した滝村与兵衛は、挨拶もそこそこに、大熊正右衛門との話し合いの結果を塚越丙太郎に伝えた。

　昨夕の帰りに塚越の組屋敷に寄ろうかとも考えたのだが、家の者に与兵衛ひとりが重用《ちょうよう》されていると取られては、塚越の立場がなくなると思い、遠慮したのだった。

「百まなこの次は犬目か。すごいことになったな」

「知っていたのか、犬目を？」

「知らなかったのか」

「聞いた覚えもない」

「俺がまだ養生所見廻りだった頃だから、十年一寸前《ちょっと》になるか。犬目と呼ばれているから、甲州《こうしゅう》街道の犬目宿の出かも知れないと、調べに出たと聞いたことがあるぞ」

「何か分かったのか」

「何も摑《つか》めなかったという話だ。養生所見廻りの先輩から、調べに行った同心の悪口を散々聞かされたので、よく覚えている」

「瀬島さんか」

「それを知っていて、犬目を知らんのか」

「聞いたばかりなのだ。瀬島さんがお調べに当っていたと」

「あの頃、何をしていた？」

「定橋掛《じょうばしがか》りだ……」

　そうか、と与兵衛は胸の中で合点《がてん》した。火事で焼け落ちた橋の架《か》け替えと、嵐で破損した橋の改修工事で、休む暇もなく見回っていた頃だ。

「犬目どころではなかったって訳か」

「そうかも知れんな」

　では、五年前は何をしていたのか、と与兵衛は思った。牢屋見廻りを経て、また定橋掛りに戻った頃だったが、恐らくまた何かで飛び回っていたのだろう。

「犬目宿は、遠いのか」思いを改めて、訊いた。

「日野《ひの》、八王子《はちおうじ》と過ぎて、駒木野《こまぎの》の関所を通り、小仏峠《こぼとけ》を上って下り、堺川《さかいがわ》の関所を越えた先だ」

「遠いな」

「遠い。えらく遠い」

「犬目宿とは関わりない。それだけ分かっただけでも、大助かりだ」

与兵衛は礼を言い、互いの見回路の確認をしてから、例繰方《れいくりかた》の詰所へ向かった。

椿山芳太郎《よしたろう》は、生真面目な顔をして、文書を書き写していた。与兵衛に気付くと、目玉をくりくりとさせながら立ち上がり、

「占部さんから伺っております。例の部屋にどうぞ」

と言って、先に立った。既に四十に近い年齢だが、身のこなしは軽やかだった。

書庫の隣の小部屋に入ると、文机にうずたかく積まれたお調書が目に入った。犬目の正体を摑もうと、懸命な探索が行われて来たのだ。そのひとつが犬目宿行、という訳か。

「ご造作《ぞうさ》をお掛けいたしました。終りましたら」

と言って、奥の鴨居《かもい》から垂れている黒い組紐《くみひも》に目を遣《や》り、引く真似をした。組紐を引くと詰所の鈴が鳴る仕掛けになっていた。

「引くのは、一回でよろしいですから」笑いを堪《こら》えながら、椿山が言った。

前に百まなこの調べで来た時は、聞き逃されるといけないと思い、二度三度、とぐいぐい引いてしまった。ために、椿山が詰所から慌てて飛んで来たことがあった。椿山は、そのことを思い出したのだろう。

「一回。心得ております」

本当か、と疑わしげな素振りを見せていたが、では、と言い置いて椿山は詰所に引き上げて行った。

与兵衛は文机の前に座り、お調書の束を手に取った。ずしり、と重い。犬目の仕業と目されている四件の殺しが、一件について一冊ずつに纏《まと》められていた。

滅多突きの死体は、悪所での喧嘩の果ての殺し合いを加えれば、たくさんある。だが、顎裏から脳天を貫く傷のある死骸《しがい》は多くはなかった。奉行所が調べた犬目の仕業と思われるものは、この四件であった。

もっとも、この件数が正確なものだとは言い切れない。

死骸が埋められたり、沈められたりして、殺しが発覚していない場合もあれば、武家が家の恥として、殺しを闇に葬《ほうむ》ってしまった場合も考えられるからだ。

だからと言って、お調書が役に立たないという訳ではない。記されている中に、犬目を特定する重要な鍵があるはずだった。

日を改めて読む必要がないように、二度、三度と一冊、一冊丁寧に読むことにした。

お調書の束を解いた。

一番上に置かれているのが、五年前に起った殺しだった。お調書を年代順に並べ替え、一番古い事件から読むことにした。

与兵衛は、椿山が用意してくれていた筆を執《と》り、日時から書き写し始めた。

一冊目は、犬目が関わったとされる最初の殺しで、二十三年前に話は遡《さかのぼ》る。日時は、

「天明《てんめい》七未年《ひつじ》（一七八七）十二月五日八ツ半（午後三時）」

不忍池《しのばずのいけ》のほとり、茅町《かやちょう》の出合茶屋《志のだ》の主《あるじ》・松太郎《しょうたろう》と倅《せがれ》の吉太郎《よしたろう》が、二階の座敷で殺されていた、という一件だった。親子とも、ひとに恨みを買うようなところはなく、どうして滅多突きにされなければならなかったのか、遺された家族や雇い人などを調べても判明せず、恐らく客の秘密を見たためではないか、と推測された

が、それらしい客も特定出来ず、永尋《ながたずね》（迷宮入り）になった、と付記されていた。取り調べに当った同心は、既にお役を退き、物故していた。刺し傷の数は、松太郎が七箇所、吉太郎が六箇所だった。

二冊目の殺しは、十五年前の冬に起っていた。

「寛政《かんせい》七卯《う》年（一七九五）十一月四日暮れ六ッ（午後六時）」

場所は本所相生町《あいおいちょう》二丁目。

被害に遭ったのは、深川材木町《ざいもくちょう》にある材木問屋《木曽屋《きそや》》の隠居・太左衛門《たざえもん》と妾《めかけ》の稲《いね》。

太左衛門は強引な材木の買い占めなどで悪名が高く、株仲間からは「ろくな死に方《かた》はしない」と陰口を叩かれていたと言う。太左衛門は身代《しんだい》を、実の息子ではなく、手代《てだい》上がりの娘婿《むこ》に譲り、隠居。敵は多く、また息子にもひどく恨まれていた。この一件を調べた同心も、既に物故していたが、慧眼《けいがん》で鳴らした者だけに、殺しの残虐性について克明に記し、顎裏から脳天への刺し傷に触れていた。刺し傷の数は、太左衛門と稲、ともに六箇所ずつであった。

三冊目は、犬目三番目の殺しと目《もく》されるもので、十一年前に起っていた。日時は、「寛政十一未年（一七九九）九月二十七日六ッ半（午後七時）」

殺されたのは、四谷塩町《よつやしおちょう》一丁目のえのき横町に住む、金貸し・鶴屋杵之助《つるやきねのすけ》。刺された箇所は、八箇所に及んでいた。

安永《あんえい》七年（一七七八）の火事で、呉服問屋として三代続いていた鶴屋が焼け、杵之助は家族も身代もなくした。ひとり生き残った杵之助は、僅《わず》かな金を元手に金貸しを始め、苛烈《かれつ》とも言うべき取り立てで、鬼と言われる老人となっていた。殺されても、悲しむ者は誰もいないという状態であった、とこの一件を調べた瀬島亀市郎は書き残していた。

この一件で注目されるのは、瀬島が滅多突きの死体と顎裏から脳天に及ぶ傷に注目し、過去に同様の殺しが行われていることに気付いたことだった。則《すなわ》ち、殺しの請け人の仕業であると見抜いたのである。ここから遡《さかのぼ》って、先の二件の殺しも請け人の仕業と見極めることが出来た。

具体的にどの請け人かという詮索も、ここから始まった。間もなく、無惨で無慈悲《むじひ》な殺し方から、ひとりの請け人の名が浮かんだ。闇の世界の者から、犬目と呼ばれている者だった。犬目とは、泣くことを知らない、心の渇き切った者を表す謂《いい》であった。

定廻りと臨時廻りが動員され、懸命な探索が行われた。だが、結局犬目にも、犬目を雇った者にも行き着けなかった。この時に瀬島が、犬目宿まで出向いていた。

そして四冊目。五年前の一件である。日時は、

「文化《ぶんか》二丑年《うし》（一八〇五）四月九日宵《よい》五ツ（午後八時）」

場所は、内神田《うちかんだ》の平永町。殺されたのは、料理茶屋《三国屋《みくに》》の主・玉右衛門《たまえもん》、女房のまさ、倅の嫁の幾《いく》の三人。まさと幾は、偶然居合わせて災難に遭遇したものと思われた。玉右衛門は、商いの裏で、土地の悪《わる》どもを束ね、小さな勢力となっていた。それを快《こころよ》く思わぬ者が犬目を雇ったのではないか、と探索を行った同心は書き記していた。担当した定廻り同心は瀬島亀市郎で、助けとして占部鉦之輔が付いた。ふたりを中心に、臨時廻り同心らも加わって、江戸の町を牛耳《ぎゅうじ》る《元締》と呼ばれる者どもを調べ回ったが、何も摑めず、永尋送りになっていた。医者による検屍《けんし》の項に、占部の筆による半切れが貼り付けられていた。それには、玉右衛門のみならず、まさと幾まで顎裏から脳天への傷を負わせたところに、犬目の正体を摑む何かがあるのではないか、と記されていた。刺し傷の数は、玉右衛門七箇所、まさ五箇所、幾六箇所であった。

与兵衛は、ふう、と大きく息を吐きながらお調書を閉じ、左の床に置いた。次いで、右側の床に吉村治兵衛殺しのお調書と、書き写した紙片四件分を順に並べ、共通

している点を数え上げた。

第一には、刺し傷が多い者で八箇所、少ない者で五箇所、ほぼ六、七箇所刺されていることと、必ず顎裏から脳天への刺し傷があること。

第二には、居合わせていた者は必ず殺されていること。従って、殺した者の姿を見た者はいない。

与兵衛が注目したのは、殺しの刻限である。夜更け、あるいは夜明け前など、いかにも殺しの請け人が暗躍しそうな刻限ではなく、まだひとの行き来のある刻限に凶行が行われている。

見た者を皆殺しにしている点から考えると、顔を見られることを極端に嫌う者なのだろうか。顔に傷があるなど、一度見たら忘れられない顔をしているからではないか。

だが、それならば、ひとに見られない夜中に襲えばよいではないか。何ゆえひとの往来のある刻限に、わざわざ殺しをするのか。

こう考えてはどうだ。何としても顔は見られたくないが、人気のない夜中には出歩かないか、あるいは出歩けない者。夜中に家を出ると、不審に思われる者。すなわち、一軒家や寮などではなく、市中の裏店《うらだな》のようなところに住み、町木戸が閉まる頃には、ひっそりと借店《かりだな》にいる者。姿形は、人目を引くことのない、どこにでもいそうな者。顔に傷があるでもなく、擦れ違っても、誰も気にも留めないような者。

そのような者が殺しを請け負い、大金を得る。犬目がひとり暮らしならば、数年に一度請け負えば、十分暮らして行けるだろうが、家族持ちならば、その間隔は縮まるはずだ。

お調書に取り上げられた殺しを見る限りでは、どうやら四年から八年に一度程度、仕事をする、と考えられる。その間、まったく殺しをしていないとすると、独り者と見てよかろう。一番古いのは二十三年前だから、その時に二十歳《はたち》とすれば、今は四十三、三十ならば五十三、四十ならば六十三歳になる。五年前には三人の者を滅多突きにしているのだから、かなりの膂力《りょりょく》がある。女には難しいだろう。となると、犬目は男で、年の頃は四十から六十程度と見るのが妥当《だとう》のように思われた。

普段はどのように暮らしているのか。金遣いの荒い者なら、直《す》ぐに金を使い果し、短い間隔で殺しを請け負って、金を稼ごうとするはずだ。与兵衛には、そういった類の者には思えなかった。日常は、極力目立たぬように振る舞っているに違いない。表の稼業は、出職《でしょく》か居職《いじょく》か。顔を見られた、と思えば外に出ぬ居職に就くだろうし、見られていない自信があれば出職として働いているかも知れない。

顔を見た者は無慈悲に殺しているから、自分を犬目と知っている者はいないと考え、出職をしているのではないか。

どこにでもいそうなありふれた男。四十から六十程度の歳で、出職の者。

大雑把《おおざっぱ》な推測だが、そんなところだろう。

与兵衛は四件分のお調書を束ねると、黒い組紐を引いた。

大門裏にある御用聞きの控所に行くと、寛助らが飛び出して来た。

昨日組屋敷に帰りがてら、また定廻りの手伝いをする旨を話してあったので、寛助らの顔付きも意気込みも違っている。飛び出して来たのも、他の御用聞きに聞かれないようにと気を遣《つか》ったのだろう。

「何か、お分かりになりやしたか」寛助が訊いた。

「確かなことではないがな」

お調書から導き出したことを皆に話した。

「では、早速、その四件を洗い直しやしょうか」

「それには及ばねえ。よく調べてあった。今更《いまさら》出向いても、何も分からんだろう」

「するってえと、何をすりゃあよろしいんで？」

「吉村治兵衛が殺されていたところへ行く。行って、雨ん中を走り去る男を見たって奴に話を聞こうじゃねえか」

「承知いたしやした。米《よね》」

「へい」言うや米造がするりと潜り戸を抜け、先頭に立った。

「どの道を行きやしょう?」寛助が与兵衛に訊いた。

「そうよな……」

「お任せ願えやすか」寛助の顔が生き生きとしている。任せた。

「今日はど真ん中よ。本町《ほんちょう》を真っ直ぐ突っ切っちくれ」

「合点《がってん》でさあ」米造が大きく一歩を踏み出した。

浮き立つ皆を見ながら与兵衛は、己の心も浮き立ち掛けていることに気付き、慌てて腕を組んだ。

日本橋から本町の通りを行き、筋違《すじかい》御門を抜け、下谷御成街道を広小路に向けて進んだ。

平永町代地を南北に分ける横町の角に着いた。道は明神下へと続いている。雨が激しく降ってさえいなければ、人通りは多く、殺しにはまったく不向きな通りだった。今もひとの姿があちらこちらに見えた。

取り敢えず、死体のあった場所に立つことにした。

柳原岩井町代地を過ぎ、神田山本町代地を通った。鼈甲櫛笄簪所《べっこうくしこうがいかんざしどころ》《京屋》があった。この店の小僧が、濡れ鼠《ぬねずみ》になって御成街道の方へ走って行く町屋の者を見ていた。寛助に、後刻お調べに立ち寄るゆえ、小僧を待たせておくよう京屋の主に伝えさせ、先を急いだ。

通りの両側が武家屋敷になった。更に行くと御小普請組頭の斎藤仁右衛門の屋敷があった。与兵衛は、斎藤家の門前を通り過ぎたところで、占部から渡されたお調書の書付を取り出した。

吉村治兵衛の死体は、斎藤家の門を出、明神下に向かって十五間（約二十七メートル）のところで頭を南に向けて倒れていた。中間の死体は、更に西へ六間（約十一メートル）行ったところにあった。死体のあった場所から、通りの左右を見渡した。ひとを殺《あや》めて逃げるなら、曲り角が近い明神下を選ぶと思われた。

違うな。濡れ鼠の男は殺しとは関係ねえな。与兵衛の勘が囁《ささや》いた。しかし、訊くべきことは訊かねばならない。

京屋に戻った。

主とともに小僧が待っていた。早速、雨の中を駆けて行った男について尋ねた。

お調書に書かれている以上のことは、見ていなかった。

「また訊きに来ることがあるかも知れねえが、その時までに何か思い出したら、南町まで走ってくれるか。俺の名は滝村与兵衛。門番に、そう言ってくれればいい」

主に続いて小僧が平べったくなった。

京屋を出、再び通りを見た。

「まだ他にも、見た者がいるかも知れねえな」

「回って訊いて参りやしょう」

「そうしてくれ。役人がうろうろしているので気後れしたのとか、後で思い出したのとか、必ずいるはずだ」

寛助らが聞き込みをしている間、与兵衛は柳原岩井町代地の自身番で待つことにした。

間口九尺（約二・七メートル）、奥行き三間（約五・五メートル）。並の自身番より奥行きが一間広く作られていた。その分余裕があるのか、大家と店番と書役らが計五人も雁首《がんくび》揃《そろ》えて茶話会《さわかい》を開いていた。与兵衛に茶を淹《い》れながら、赤ら顔の大家が、「四日前の一件でございますか」と訊いた。

「そうだが、何か見たとか、聞いたとかいう噂を知らねえか」

「そのことで、今話をしていたのでございます」赤ら顔が皆を見回した。他の者らが一斉に頷いた。

「実はでございます……」赤ら顔が、膝を乗り出すようにして言った。

四日前の昼八ツ頃、明神下にある内藤様の御屋敷前の辻番所の者が、通りを横切り、神田同朋町《どうぼうちょう》と御台所町《おだいどころちょう》に挟まれた横町へと走り込んで行く男を見掛けたのでございます。

「雨で、しかも遠かったので、それが男だとしか分からない、と言うのですが」

「遠い……って、そりゃあ離れ過ぎてねえか」

件《くだん》の辻番所から、男が道を折れたという横町まで、どう見積もっても二町（約二百二十メートル）はある。

「申し遅れました。辻番所からではなく、同朋町の家で昼飯を食べ、戻る時に見たのだそうです」

「他所《よそ》の町内だろう？　やけに詳しいじゃねえか」

「うちの嬶《かかあ》の遠縁の者でして、どうしたものか、と相談されたんでございます」

「その辻番にも、お調べが行っただろう？　何でその時、見たと言わなかったんだ」

「交替しておりまして、丁度いない時にお尋ねがあったようで」

「申し出ればいいじゃねえか」

「何しろ年寄りなもので。御奉行所に連れて行こうとしましたら、はっきり見えた訳じゃないから、と怖気《おじけ》づいてしまいました」

「そうか。まあ、無理もねえかな」

辻番所は、元々武家がすべきところを、物入りであることを理由にその運営《いとなみ》を町方に任せるのが通例になっていた。請け負った町方は、賃金が安い年寄りに仕事を回す。町方の同心としては、武家奉公の者よりも町屋の年寄りの方が、親しみやすい。捜査に必要なことを尋ねたり、見張りに寄らせてもらうにも気兼ねが要《い》らないからだ。だが、相手が年寄りであるだけに、目が利かなかったり、忘れっぽかったりするという難点もあった。

「名を教えてくれ」

「お咎《とが》めはございませんですよね」

「無論だ。俺たちのお務めは、足でするもんだ。重ねて足を運ばねえ方が悪い」

番人の名と住まいを書き留め、茶を飲んでいるところに、寛助らが聞き取りを終えて戻って来た。

「ご苦労だったな。どうだった?」

「ふたり、おりやした。刻限も、ぴったりでございやす」

「そん中に、辻番は？」

寛助が、米造と新七にちらりと目をくれてから、いいえ、と言った。

「おりやせんが」

「ならば、三人だ」

「その辻番ってのが、もうひとりなんで？」

「そうだ。取り敢えず、茶を一杯馳走《ちそう》になれ。飲んだら、出掛けるぞ」

二

新たに見付かったふたりは、神田明神下の御台所町と同朋町の者であった。

まず御台所町に行き、次いで同朋町、辻番所と回ることにした。

「こちらでございやす」

御台所町の者は、瀬戸物《せともの》問屋《明石屋《あかしや》》の手代《てだい》・幸兵衛《こうべえ》であった。

その日は雨のために客足がぱったりと途絶えていた。幸兵衛は、降り頻《しき》る雨に悪態のひとつも吐いてやろうと、暖簾《のれん》の間から表を見た。そこに、

「どこから飛び出して来たのか、そこまでは見ていなかったので分からないのですが、そんな遠くではなさそうでした。私が向こう見て、こっち見て、また向こうを見たら、いたんですからね。笠を被《かぶ》り、合羽《かっぱ》を着込んだ足軽が奇声を上げ、跳ねるようにして駆けて来ましてね。ここんところから」と言って明神下の通りから横町へと指し回し、「あっちの方へと抜けて行ったんでございます」

「足軽に違《ちげ》えねえんだろうな？」寛助が訊いた。

「股立《ももだち》を高く取っておりましたが、袴《はかま》の柄が見えました。萌黄《もえぎ》色で三ッ山形でございましたから、見間違いようがございません」

「よく見てた。偉《えれ》えぞ」

寛助の言葉に幸兵衛がにっこり笑ったところで、明石屋を出、隣の同朋町に向かった。

袋物や小間物を扱う《伊豆屋《いずや》》の下働きの女・仲《なか》が大岡豊後守《おおおかぶんごのかみ》の屋敷の北側の通りから走り出て、通りを横切り、神田明神社の方へ走って行く男を見ていた。

「男の背帯に木刀のようなものがあった、と言うんで、どうも中間のようなんでございやす」

足軽は両刀を帯びているが、中間は帯刀を許されず、腰の後ろに真鍮《しんちゅう》で飾り細工を施《ほどこ》した木刀を差している。それが作りものでなく、本身の刀であれば、立派に殺しの道具となる。吉村治兵衛の傷口の深さは、深いところで約七寸（約二十一センチ）。凶器《えもの》が匕首《あいくち》や脇差だったか、刀だったかは不明だが、仲の見た中間らしい男が殺したとしたら、背帯に差した刃物《もの》を使って刃傷《にんじょう》に及んだと考えられる。

「待たせてあるんだな？」

「へい」寛助が答えた。

「急ごうぜ」

伊豆屋の暖簾を潜ると、主の八左衛門《はちざえもん》が愛想よく出迎えた。

「これはこれは、滝村様」

「訳は聞いているだろうが、お仲に話を聞きたいのだ」

「先日の一件だそうで？」

「走って行ったって奴のことをな、詳しく話してもらいたいのだ」

「お話しすることは、そちらの親分さんに」と言って寛助を見、言葉を継いだ。「すべてお話ししたはずでございます。もう何もないと存じますが」

「かも知れねえが、他にも確かめたいことがあるのだ」

「こう申しては何でございますが、滝村様は高積見廻りがお役目。このようなお調べは、定廻りと決まっております。一体如何《いか》なる仕儀で、お役目違いのお調べをなさろうと仰《おっ》しゃるのか、その辺のところをお教え願いたいものでございます。それでなくても、お仲は手が遅いものでございましてね、仕事が滞《とどこお》っておりますんですよ」

どうだ、と言わんばかりに、与兵衛を見上げていた八左衛門の目が横に流れた。お店の入口を見ている。与兵衛の背後から、聞き覚えのある声がした。

「四の五の言わねえ方が、身のためだぞ」

「松原《まつばら》様……」

北町奉行所の定廻り同心・松原真之介《しんのすけ》であった。年の頃は占部鉦之輔とほぼ同じだから、五十を目前にしているところだろう。定廻りとして一番脂《あぶら》が乗る頃合である。

「伊豆屋、お前が相手にしているのは、次の定廻りだ。この若さで定廻りになってみろ。下手《へた》に逆らっていると、この先二、三十年は、あの時は、と恨まれて、何かと言うと奉行所に呼び付けられるかも知れねえぞ。それでもいいのか」

八左衛門の咽喉《のど》が鳴った。

「左様なので……？」

「まだ決まった訳じゃないが、そんなところだ」

「少々お待ちを」八左衛門が慌てて番頭を呼び、お仲をここへ、と声を抑えて命じている。

「断ったそうだな」松原が与兵衛に言った。「にも拘らず、こうしてまた調べているってことは。南町《みなみ》は犬目かも知れねえ、と考えてるんだな」

米造と新七が寛助の脇に寄り、松原を見詰めた。

「やはり、そうか。百まなこの次は犬目とは、南町も芸がねえな」

「どうして松原さんが、ここに？」

非番の奉行所の者が、月番が手掛けている新たなに事件に首を突っ込むなど、あり得ないことだった。

「俺の癇《かん》に障《さわ》るからよ」

少し変人らしい。占部にも似たところがある。与兵衛は仕方なく、はあ、と答え、黙った。

仲が奥に続く路地から番頭に背を押されるようにして現れた。仲は八左衛門に身体が折れるほど深々と頭を下げた。余計なことを言うからだ、とでも叱られていたのだろう。

「ちょいと借りるぜ」

「文句はねえな？」松原が睨《にら》んで見せた。

「ございません」

松原が八左衛門の相手をしている間に、与兵衛はお店の中通路、通称・路地に下げられている内暖簾の裏に仲を伴った。

「済まなかった。嫌な思いをさせちまったようだな」寛助が片手で詫《わ》びた。

仲が首を左右に振った。

「同じことでもよい。見たことを、もう一度詳しく話してくれ」与兵衛が言った。

「はい……」

寛助が聞いていた話と変りなかった。

「他に人通りはなかったのか」

「まったくございませんでした。何しろ、ひどい降りでしたので」

「それなのに、外を見ようとしたのか」

「はい。あたし、雨には悲しい思い出が沢山あって、それで、見たくなんてなかったのですが、雨の音が余りにすごかったもので、何だか吸い寄せられるように外を見てたんです……」

「そんな雨ん中をひとりだけ走っていたって訳かい?」寛助が訊《き》いた。

仲が童女のように頷《うなず》いた。

「その者に変ったところはなかったかな」

「さあ……」

仲が申し訳なさそうに、下を向いた。

「どこから見たのか、場所を教えてもらえるか」

「はい」

仲が、こちらへ、と言って裏へ向かった。付いて行くと、客用の雪隠《せっちん》の脇から店横の抜け裏に出た。抜け裏には、表まで庇《ひさし》が張られていた。仲は、庇の下を通って、通りが見渡せる角口へ進んだ。

そこからは、明神下の通りが見通せた。

「雨は、どんなだった？」

「すごい吹き降りでした」

「足にも飛沫《しぶき》が掛かっただろう」

「風の向きがよかったので、そんなには」

「そこを男が走って来た。若かったか、それとも年が行ってたか」

「それ、です」

「何が、それなんでえ？」

寛助が口を尖《とが》らせて、詰め寄った。与兵衛は寛助を手で制して、話すように促《うなが》した。


「ちらっと見えただけですので、はっきりしたことではないのですが……」

「構わねえよ。話してみてくれ」

「お若くなかったように見受けられたので、こんな雨の中を大変だな、と。それで覚えていたんです」

「幾つに見えた？」

仲が、下唇を突き出すようにして考えている。

「親分くらいかな？」与兵衛が寛助を指さした。

仲が首を捻《ひね》っている。

「ちいと走ってみてくれ」寛助に言った。

寛助が通りをへたへたと懸命に走った。仲の目が追っている。

「もっときびきびしていましたが、年の頃は親分さんくらいでした」

米造と新七の笑い声を聞きながら与兵衛は、犬目の年を考えていた。二十三年前に四十としたら、今は寛助の年回りになっているはずだ。だが、これまで誰にも姿を見せたことのない犬目が、こうも簡単に姿を晒《さら》すものだろうか。

「ばかやろうが、お調べの最中だろうが」寛助がふたりを怒鳴っている。

「幾つだ？」ここまで背後に控えていた松原が、ふいに寛助に訊いた。

「あっしでございやすか。六十三でございやす」

松原の目が細くなった。やはり松原も、同じように考えていたのだろうか。与兵衛は仲に尋ねた。

「その男だが、後ろに刀を差していたらしいが、実か」

「間違いございません」

与兵衛は朝吉を呼び寄せ、後ろを向かせた。背帯に真鍮を巻いた木刀が差してあった。

「こんな感じだったか」

「もっと短かったように覚えています」

となると匕首と見るのが順当か。匕首を背帯に差した中間風の男。そいつが吉村治兵衛を殺した者なのだろうか。

「ありがとよ」松原が与兵衛と仲に言った。「いい話を聞かせてもらったぜ」

邪魔したな。松原は与兵衛に言い置くと、通りに出た。男が三人、松原に駆け寄って来た。風体《ふうてい》で御用聞きと知れた。店の外に待たせていたのだろう。親分らしい、羽織を着込んだ六十絡みの男が、与兵衛と寛助に軽く会釈《えしやく》をした。

「滝与の旦那。汐留《しおどめ》の弐吉《にきち》でございますよ」寛助が目で弐吉を指して言った。
四、五年前まではよく耳にした名前だったが、その後隠居したとかで、ここ数年は噂すら聞こえて来なかった。その弐吉が、どうして松原といるのか。
松原が弐吉らを伴って、与兵衛らの許へ歩みを寄せた。

「此度《こたび》の一件、犬目かも知れねえ、とまたぞろ十手持ちに返り咲いたんだ。よろしくな」

「弐吉でございやす。お見知り置きを願いやす」

与兵衛に丁寧に礼をすると、寛助に、ありがとよ、と言った。

「主水河岸の。お前さんが戻ったという噂を聞いてな、俺も、と思ったんだよ。礼を言っとくぜ」

「礼なんて、くすぐったくていけねえや。やめちくれ」

「おうよ。二度と言わねえ」

「弐吉はな」と松原が言った。「百まなこと犬目を追っていたのだが、一旦は諦《あきら》めたのよ。ところが、高積が主水河岸と組んで、百まなこを追い詰めたと聞いて、矢も楯《たて》もたまらなくなっちまったって訳だ。今も伊豆屋に入りたがったんだが、余り大袈裟《おおげさ》になるとお店に迷惑が掛かるんでな、遠慮させたんだ。話を聞きたくてうずうずしているところだ」

「その通りでさあ。あっしはね、旦那。犬目の奴をお縄にするまで、足腰立たなくなろうとやり抜きますぜ」

弐吉が、底光りする目で与兵衛と寛助を見た。

「行くぞ」松原が弐吉に言い、くるりと向きを変え、歩き出した。吉村治兵衛が殺されていた通りに向かっている。弐吉とふたりの手下が続いた。

「あのひと、怖いです」仲が弐吉の後ろ姿に向かって呟《つぶや》いた。

「真っ当に生きている者らを守ろうと、鬼になっているからだ。怖がっちゃいけねえよ」

「ご免なさい」

「謝ることはない。本音を言うと、あの親分の顔は、ちいとごつくて怖かったものな」

仲が、困ったように笑って見せた。

与兵衛は、改めて仲に礼を言い、そっと一朱金《いっしゅ》を握らせた。

「何か美味《うま》いものでも食べなさい。それから、もうこの辺りには知れ渡ってしまったかも知れないが、見掛けたという話はあちこちで言わないように。お調べの最中だからな」

万一、男が犬目であったならば、命を狙われるかも知れない、と考えての忠告だった。話している途中で、男が仲に気付いていたのか、問い質《ただ》すのを忘れていたことに思い至った。

「悪いな、もうひとつあった」改めて尋ねた。

「気付いていたはずです。目が合ったので、若くないと分かったのですから」

「目が合った時、そいつは驚いた風だったか」

「はい、びっくりしていましたが」

「どうしたい？」

「そのまま走って行ってしまいました」

こいつは犬目ではない、と与兵衛は確信に近いものを抱いた。犬目ならば、己の姿を見た者を生かしておくはずがない。それが、これまでの事件から割り出した犬目だった。

しかし、犬目ではなくとも、吉村を殺した張本《ちょうほん》ならば、逃げる途中の姿を見られたのだ。もっと大きく動揺するのではないか。一瞬ひるんだだけだとすると、その男は単なる通りすがりの者だったのだろうか。あるいは、誰かに見られることも覚悟の上で、殺しに走ったのだろうか。ならば、供の中間まで滅多突きにする必要はないように思われる。

どういうことなのだろうか。

「他に思い出したことがあったら」与兵衛は仲に、南町まで自身番の者を走らせるように言った。

仲が頷いた。

次いで辻番所に寄り、番人に会い、話を聞いた。男の風体と、見た刻限を繋ぎ合わせると、仲の見た男と同じ者と思われた。その者が吉村を殺したとして、同時にふたりの男に見られるなど、殺しの請け人にしては迂闊《うかつ》過ぎる。やはり犬目とは別の者としか思えなかった。

だが、犬目であろうとなかろうと、吉村を殺したことには変りない。町方としては追い詰め、捕えるだけである。

「どこか、奥か二階を使える店を知らねえか」寛助に訊いた。

寛助が米造を見た。

「餅《もち》屋でよろしいでしょうか」米造が尋ねた。

「静かなら、構わねえ」

「でしたら、この先に《武蔵屋《むさしや》》ってのがございます」

炙《あぶ》り餅と申しまして。小さく千切った餅を竹串に刺し、胡桃《くるみ》味噌のたれに付けて炙っただけのものなのですが、それが美味いので、と米造が口許を拭《ぬぐ》う真似《まね》をした。

「旦那は、奥か二階がある店と仰しゃっていなさるんだぜ」

「ございやす。二階に座敷がひとつ。邪魔はされやせん」

与兵衛としては、町屋の者の耳目《じもく》を気にせず、聞いたばかりの話を整理出来れば、それでよかった。

「そこにしよう」

武蔵屋に近付くと、餅と胡桃味噌の焦《こ》げる香ばしいにおいが漂《ただよ》って来た。

同じようなにおいをどこかで嗅いだ覚えがあった。

「そりゃあ、目黒《めぐろ》でございやすよ」寛助が鼻っ先を蠢《うごめ》かしながら言った。

六十三歳の鼻は、まだ達者に働いているようだ。武蔵屋の表に、目黒の不動《ふどう》堂の門前にある店で働いていた者が、暖簾分けをしてもらって開いた店だ、と書かれていた。

「やはり、ね」

寛助が得意げに言った。与兵衛は、目黒で炙り餅を食べた覚えはなかった。とすると、どこで食べたのか。思い出せなかった。が、いかにも思い出したような顔をして、店に入った。

二階に通された。

炙り餅を人数分頼んでから、車座に座り、話し始めた。

「京屋の小僧が見たという者だが」

御成街道の方へ走って行ったのが気に入らなかった。

「逃げるなら、方向が逆だとは思わねえか。明神下の方へ行きゃあ、すぐに曲り角だ」

「そっちからひとが来たので、御成街道の方に走らざるを得なかったとか」

「だったら、そいつが死体《ほとけ》を見付けているだろうぜ」

「そうか。そうでやすよね」

「頭ぁ使え」

寛助が米造に言ったところに、炙り餅が来た。一人前十本ずつ皿に盛られていた。

「餅が固くなるといけねえ。食いながらにしようぜ」

早速与兵衛が皿に手を伸ばした。竹串の先に刺さっている餅を、前歯でしごくようにして食べた。胡桃味噌の風味もよく、茶請《う》けとしては逸品《いっぴん》と言えた。

「美味いな」

「でがしょう？」

「土産《みやげ》にもらおうか」

「滝与の旦那、二日前にも団子をもらったばかりでやす。今日は」寛助が開いた掌を与兵衛に向けた。

「そう言うな。こうして外で役目を恙無《つつがな》く果せるのも、家を守ってくれる者がいるからだ。そう思えば、土産など安いものではないか」

口にしたことに嘘はなかったが、与兵衛にはもうひとつ訳があった。己が稽古に行かない日に道場に行き、荒木と申し合いをした、と与一郎の機嫌が悪いのだ。何とかご機嫌を取らねばならなかった。

「お心遣い、ありがとうございやす」寛助が米造と新七に目配せをし、頭を下げた。

中間の朝吉が、寛助らに遅れじと、居住まいを正して手を突いた。

「大仰《おおぎょう》な真似はよしてくれ。きまりが悪いぜ」与兵衛は身体を起すように言い、語を継いだ。「それでな、小僧が見た男に戻るが、お調べから外す。いいな」

「承知いたしやした」

「次の明石屋の手代が見た男だが」奇声を発しているところが引っ掛かるのだ、と与兵衛は言った。ひとをふたりも殺したのだ。人目に立たぬようにその場を去るのが筋だろう。調べる甲斐《かい》はなさそうだ。寛助らも同じ意見だった。

「残るふたりは、恐らく同じ者だ。この中では一番疑わしい」

仲と辻番所の番人が見た、明神下の通りを横切り、神田同朋町と御台所町に挟まれた横町へと走り込んで行った男であった。

「逃げた先は神田明神を抜けた湯島《ゆしま》一帯のどこか、でござんしょうね」寛助が言った。

「その野郎だとすると、親分、あっしども町方の捕物ってことになりやすね」米造が、しめたとばかりに手を打った。

「まだ決まった訳じゃねえが、そう祈ろうぜ」与兵衛が指に付いた胡桃味噌を嘗《な》めながら言った。

「これから、どういたしやしょう?」寛助が訊いた。

「殺された吉村治兵衛の家の者に訊きたいのだが」

「そいつは難しいでやしょう。支配違いだから、と追い返されるだけでやすよ」

殺されたのは御家人である。御家人が殺されたとなれば、目付が徒目付《かち》や小人目付《こびと》を使って調べ、殺した者が武家であれば、御小普請支配を通して評定所の裁きに掛けることになる。町方の出る幕はない。しかし、町屋の者の仕業《しわざ》であれば、武家屋敷内に逃げ込まれた時には、身柄を町方に引き渡してもらわなければならない。御小普請支配に面を通しておく必要があるように思えたが、まずは吉村の家から当るのが手順だろう。だが、果して吉村家がお調べを快く受け入れてくれるのか。甚《はなは》だ心許無かった。

御家人の身分・役柄は三等四種に分けられる。身分を分ける三等は譜代席《ふだいせき》、二半場《にはんば》、抱席《かかえせき》、役柄を分ける四種は上下役《かみしもやく》、役上下《やくかみしも》、羽織袴役《はおりはかまやく》、白衣役《びやくいやく》であった。御小普請世話役が譜代席で上下役という、身分も役柄も高い家から選ばれるのに対して、同じ御家人でも町方同心の身分は最下位の抱席、役柄は第三位の羽織袴役である。吉村家が、この役柄と身分の差を楯にとって、お調べに応じないとなると、吉村家に事情を尋ねるのは、目付に任せるしかなくなる。

面倒なことだな。与兵衛は、心の中で呟き、最後の炙り餅を前歯でしごいた。焦ることはない。武蔵屋を出たら、高積の見回りを片付け、また改めて明日出向くことにしよう。

「新七、下に行って土産を頼んでくれ。ひと折り二人前ずつだぞ」

新七が飛び上がるようにして、階段へと急いだ。

「食い物になると素早く動きやがって、何て野郎だ」寛助が溜息を吐いて、首を横に振った。

三

下谷広小路から山下に掛けて見回り、奉行所に戻ると、大門を潜る瀬島亀市郎の後ろ姿が見えた。

与兵衛は、朝吉と寛助らにそれぞれの場所で待っているように言い、駆け足になった。

敷石の尽きる辺りで瀬島を呼び止めた。

「何だ?」瀬島が背を向けたまま答えた。

与兵衛は前に回り込み、犬目捕縛の任に就いたことを話し、

「もしよろしければ」と申し出た。「犬目についてお話を聞かせていただきたいのですが」

「話すことは何もない。すべてお調書に書いておいた。目を通したのであろう？」

「今朝例繰方に行き、読ませていただきました」

瀬島が犬目の探索を行っていたことは、高積方与力の五十貝から漏れ聞いた、と付け加えた。

「あの方も口が足らぬの」瀬島は奉行所の土壁に目を遣《や》った。土壁の向こうには、年番方与力の詰所に通じる廊下が走っている。

「来客の予定はあるか」瀬島が、玄関に詰めている当番方の同心に訊いた。

「いえ、特には」

「部屋を使わせてもらうが、よいな」

「はい……」当番方の同心は、一瞬戸惑《とまど》ったような表情を見せたが、折れた。

瀬島は玄関を入ると左手にある来客用の控えの間にずかずかと歩を進め、上座に腰を下ろした。遅れじと与兵衛も控えの間に入り、下座に座った。

「何か分かったか」

与兵衛はお調書から読み解いたことを話し、この日聞き及んだすべてのことを、包み隠さず詳細に報告した。

「裏店住まいで独り暮らし。四十から六十の出職の男か……」

瀬島は、そのまま無言で与兵衛を見詰めた後、突然笑い声を上げた。

「久しぶりに笑《わろ》うたぞ。お前も笑え」

何が可笑《おか》しいのか分からない。与兵衛は、仕方なく笑い続ける瀬島を見ていた。

「今、分かったわ」瀬島の目許から、潮が引くように笑みが消えた。「大熊様が何ゆえ俺を外し、滝村に任せたか、がな」

「…………」

「俺は悪どもを脅《おど》したりすかしたりして、犬目の正体を探ろうとしていた。俺の遣り方は、もう古いのだな。退《ひ》き時かも知れぬ」

瀬島はゆるりと立ち上がると、任せた、と言った。

「必ず捕えてくれよ」

朝吉が奥に向かって与兵衛の帰宅を知らせ、式台に御用箱を置いた。

「それでは、明朝参ります」

「ご苦労だった」

「お土産まで頂戴し、ありがとう存じました」

「うむ」

朝吉は多岐代と与一郎が現れるのを待ち、丁寧に挨拶をして木戸口から去った。

「土産だ」

与兵衛は手に提《さ》げていた炙り餅の包みを、多岐代に手渡した。

「まあ、今度は何でしょう？」

与兵衛に訊きながら、包みを与一郎に見せた。御用箱を玄関脇の小部屋に移し終えた与一郎が、隅を指先で押している。

「竹の串に刺さったもののようですね」

与一郎の顔を盗み見た。不機嫌な様子はない。恐らく、多岐代に諭《さと》されたのだろう。

「なかなか鋭いぞ」与兵衛は俄《にわか》に雄弁になった。「これは炙り餅と言うてな」

由来を話し、豪の様子を訊いた。

「随分とよくなられたようでございます」

「そうか、では、着替えはひとりでするので、五本ばかり、炙ってくれ。竹の串を焦がさぬようにな、遠火で炙るのだぞ。それからな」

胡桃味噌をよくまぶすように、と指示をしていると、

「義母上《ははうえ》にお持ちするのですね。お任せ下さい」

多岐代がくすくすと笑いながら、与一郎とともに台所に向かっている。与兵衛は急いで着替え、台所に入った。

ようやく七輪の火が熾《おこ》ったところだった。

「花びらのようなお餅ですね」与兵衛に気付いた多岐代が言った。

与一郎が五本の炙り餅を一度に持ち、器用に炎に当てている。餅の表面に付いている胡桃味噌が焦げ、香ばしいにおいが立った。

「焦がすなよ」

「はい」

与一郎は炙り終えると、包みに付いていた胡桃味噌をまぶし、皿に取り分けた。

「残りは、このように炙って、ふたりで食べてよいぞ」

「父上は？」

「食べて来た」

「それでは、母上」

与一郎が多岐代に、新たに五本手渡し、ふたりで七輪の両側から炙り始めた。多岐代が少女のような顔をして、餅の焼ける様を見ている。

「炙り立てが美味いのだ。行儀が悪くとも直ぐ食べるのだぞ」

言い置いて与兵衛は、廊下奥の隠居部屋へと向かった。

「ただ今、戻りました」

「何か騒々《そうぞう》しいようでしたが」豪が布団の上に身体を起して言った。

「これを炙っておりましたので」

炙り餅を盛った皿を布団の脇に置いた。

「これは何という食べ物です？」

「炙り餅と言うものです」

与兵衛は目黒の不動堂の門前店から話し始め、明神下の店に入ったところまでを順を追って話した。

「では、また定廻りのお手伝いをさせられているのですか」

「大熊様が、是非《ぜひ》にと仰せられたので、断り切れず、お受けいたしました」

「それで町火消人足改のお役目に就けるのですか」

「さあ、それは大熊様のお考えひとつなので。私としては、そのように申し上げているのですが」

「あなたが強く言えばよいのです」

「はい」

豪が思い出したように炙り餅を見、手を伸ばした。与兵衛は皿を持ち上げ、豪の膝の上に置いた。

豪は餅を口に入れ、ゆっくり味わっている。

「これはよいですね」

「お口に合って、何よりです」

豪は竹串を口から引き抜くと、今年は、と言った。

「富岡八幡宮には、行けそうにありませんね」

「月見なら出来ます。八幡祭《はちまんまつり》は来年に取っておきましょう」

「床に就くことが多くなっています。六十を過ぎると、来年という言葉はないのです」

瀬島亀市郎も、そういう年なのだ、と思った。六十をひとつ超えている。退き時と言っていたが、本当に退くのだろうか。そうなると、定廻りへの道が本物になってしまう。何としたものか。

与兵衛の思いを破るように豪の声がした。

「この炙り餅ですが、本当に美味しいこと」

新たな串を口に含んでいる。

「また買って参ります」

「お願いします」

豪が竹串を皿に置いた。小さな音がした。その音を掻《か》き消すように、どこかで犬が啼《な》いた。暫《しば》し頭の中から消えていた犬目の名が、甦《よみがえ》った。啼き声のする方に顔を向けた。

「どうかしましたか」と豪が訊いた。「犬なら、いつも啼いているではありませんか」

「そうですね」

「そなたの父上は、犬くらいでは動じませんでしたよ」

「はい……」

与兵衛は、明日からの探索のことに思いを遣りながら竹串を手に取り、豪に渡した。

第三章　御家人・小野田定十郎《おのださだじゅうろう》

一

八月十四日。五ツ半（午前九時）。

出仕した与兵衛は、明日の八幡祭の打ち合わせのため、八ツ半（午後三時）には詰所に戻ると塚越に約し、奉行所を飛び出した。吉村治兵衛の拝領屋敷を訪ねるのだ。それが、この日の眼目だった。

明神下から妻恋坂《つまごいざか》を上り、途中で右に折れ、なだらかな坂を上り始めたところに吉村治兵衛の屋敷はあった。

屋敷の前にいたふたりの武家が、与兵衛らに目を留め、凝《じ》っと見ている。

嫌な心持ちがしたが、無視する訳にもいかない。与兵衛は、戸惑っている寛助らの脇を擦《す》り抜けるようにして門前に立った。

「町方が何用だ」ひとりが訊いた。年の頃は三十前後、無紋の黒羽織を着ている。《黒っ羽織》と呼ばれる小人目付なのだろうか。融通の利かなそうな顔をしていた。

吉村家の家人ではなく、小人目付自らが門前の見張りに立っているのならば、中には徒《かち》目付か徒目付組頭がいるのに相違なかった。少しでも心証をよくしないと会える者にも会えなくなってしまう。辞を低くして頼んだ。

「出来ましたら、少し話を伺わせていただきたく参上いたしたのでございますが」

「ここは、町屋ではない。帰れ」にべもない物言いだった。

「暫《しば》しお待ち下さい。御当家様を殺《あや》めた者が万が一町屋の者であったら、何となさいます？」

「武士が町人ごときの手に掛かるものか」

「町屋のうちには、殺しを請け負う請け人と呼ばれる者がおります。その者らに狙《ねら》われたとすれば、いかに修練を積んでおられようと、逃れる術《すべ》はございません。請け人どもは、どのような卑劣な手段を取ろうとも、殺しを全《まっと》ういたします。武家同士の果し合いとは、趣《おもむき》が異なります」

「何……」黒羽織は声を詰まらせると、呻《うめ》いた。

「騒々《そうぞう》しい。いかがいたした？」

石畳を踏む足音が聞こえ、四十絡みの色の浅黒い武家が現れた。黒羽織らが、即座に頭を下げ、与兵衛に目を遣った。

「この者が話を聞きたいと申しまして」

「町方か。北《きた》町か、南《みなみ》町か」

「南町でございます」

「そうか、南町か。名は？」

与兵衛は名乗った。

待っておれ。武家は与兵衛に言い置くと、門の中に消えた。

南町だから、どうだと言うのだ。門内を覗き込んだ。

武家が玄関で取次の者に何か伝えている。

「あの御方は、どなた様でございますか」与兵衛は黒羽織に訊いた。

「御徒目付の寺平彦四郎《てらだいらひこしろう》様だ」黒羽織が振り向きもせずに言った。

目付の耳目となって監察、警衛の任を司《つかさど》る者で、職禄は百俵五人扶持。武芸のみならず筆算にも秀《ひい》でた者から選ばれた。

徒目付が伺いを立てるというと、中には誰がいるのか。尋ねたかったが遠慮していると、寺平が戻って来た。

「参れ」先に立ち、玄関に向かった。寛助らは門前に留まった。

「上がるがよい」

玄関の次の間に通された。待っていると、奥の襖《ふすま》が開き、押し出しのよい、眼光鋭い武家が入って来た。

武家の紋所が目に入った。丸に笹竜胆《ささりんどう》。目付の梶山左内《かじやまさない》であった。

若年寄支配の目付は、旗本や御家人の監察に当る重職で、家禄百五十石から三千石の者の中から選ばれ、職禄は千石である。

直ちに低頭した与兵衛を見、定廻りか、と梶山が尋ねた。

「いいえ」

本来の役目は高積見廻りであることを述べ、御用繁多の定廻りの助けに加わっている旨を告げた。

「成程《なるほど》。其の方は次の定廻りか」

梶山は奉行所の内情にも詳しいようだった。

「まだそのようなお沙汰《さた》は……」

「町方の腕の良さは存じておる。知っていることは許す限り教えてとらすゆえ、何でも訊くがよい。その代り、そちらの知り得たことを教えてもらいたい」

「御目付」寺平が異を唱えようとした。

「よい」梶山が、与兵衛に話すようにと促した。

与兵衛は、吉村治兵衛と供の中間の傷痕から始めた。

「滅多突きにしたのは、殺した者が剣を知らない町屋の者であるからと考えます。また、あの雨の中を走り去る者を見た者がおりました。町人風体《ふうてい》の者だと申しておりました」

「存じておる。櫛笄簪《くしこうがいかんざし》所《どころ》の者が見たそうだな」

「左様にございます」

伊豆屋の仲のことは口にしなかった。取り調べという大義を振りかざし、傍若無人《ぼうじやくぶじん》の振る舞いがないとも限らない。

「他には？」

「ございません。それゆえ、こちら様をお訪ねいたしたのでございます」

「何だ。まるで役に立たぬではないか」

「申し訳ございません。まだ調べを始めたばかりなものですので」

「虫がよいの」

「お願いいたします」

「何が訊きたい」

「吉村様は、誰かに恨《うら》まれていたというようなことは」

「役目柄、ないとは言い切れぬ。あの日、組頭に届けた文書でも、素行を悪《あ》し様《ざま》に書かれた者が何人かおったからな」

「その名をお教えいただく訳には」

「出来ぬな。そもそもこの一件は、こちらの役目だ」梶山は、端座している与兵衛を見据えると、「其の方に会《あ》うたのは」と言った。「話を聞きたかったこともあるが、支配違いである、と有り体《てい》に言えば釘を刺しておきたかったからだ。この先のことは儂《わし》らに任せるがよい」

「殺した者が町屋の者であった場合、私どもの方が町屋には精通しているかと存じます。お調べに加えさせていただいた方が」

「その必要はない」梶山は、言下に言い放った。

「……殺しの請け人に、犬目と呼ばれる者がおります」

狙った相手を滅多突きにするのだ、と与兵衛は言った。確実に仕留めるためかも知れません。

「だからと言って、その請け人とやらに結び付けるのは早計であろう。滅多突きにしたのは、それだけ恨みが深かったと考えれば、納得出来よう」

顎《あご》の裏の刺し傷に触れようかとも思ったが、口を閉ざした。中間の咽喉《のど》は刺し傷ではなく、斬り傷であった。ひとり頷いている与兵衛に、梶山が、

「大熊殿は」と訊いた。「お元気か」

「大熊……」

「其の方、そんなことで定廻りになれるのか。大熊殿と言えば、年番方与力の大熊正右衛門殿がことに決まっておろうが」

「それとも、南町と言うたは偽《いつわ》りか」傍らに控えていた寺平が言った。

「失礼いたしました。いささか驚きましたので。よもや大熊の名前がここで出るとは思いも寄りませんでした……ご存じなので？」

「昔、徒頭《かちがしら》であった頃のことだが、徒衆から乱心者が出てな、ともに其奴を追うたことがあったのだ。十五、六年前になる」

「左様でございましたか」

「打てば響く御仁であったぞ。そのことをよく話していたものだから、この者が」と言って寺平を見た。「大熊殿の配下ということで其の方を通したのだが、見習ってほ

しいものだな」

「汗顔《かんがん》の至りでございます」

「何事も経験だ。其の方にも何か頼むことが出来《しゅったい》するやも知れぬ。その時は奉行所に使いを出すゆえ、大熊殿によろしく伝えておいてくれ」

「畏《かしこ》まりました」

与兵衛が低頭している間に、梶山の姿は襖の向こうに消えてしまった。

寺平が、立つように、と手で与兵衛を促した。

吉村治兵衛の屋敷を出ると、門の脇に寛助らとともに、松原真之介と汐留の弐吉らがいた。

「どうして、ここに？」松原に訊いた。

「お前さんに、先を越されたって訳だ」

黒羽織が、松原と弐吉らを見回し、これ見よがしに空咳《からぜき》をした。

「それで、どうだった？　何か分かったのか」松原は聞こえない振りをして、言った。

与兵衛は、黒羽織らに目礼してから、坂下に目を遣った。

「向こうに参りましょう」

歩き始めると、我慢が出来ないのか、松原が直《す》ぐに口火を切った。

「その顔だと、手を引けと言われたようだな」

「支配違いだと言われました」

「御家人の仕業だと、思うか？」

「殺し方が気に入りません」

松原は小さく頰《ほお》を歪《ゆが》ませるようにして笑うと、では、犬目と思うか、と言った。

「犬目にしては……」

与兵衛は首を捻《ひね》った。姿を見られても、走り去るなど、腑に落ちないことが多過ぎた。

「小普請組の者に、犬目を雇う余裕があったとは思えねえか」

「それもあります」

「それも、か。するってぇと、違う筋の者が雇った、という線も洗わねえといけないな」

「違う筋とは？」

「それは、俺にもまだ分からねえ。が、あの傷は、侍の仕業とは思いにくい。俺たちの出る幕は、十分残っているって訳だ」

松原は、こんなところに長居は無用だ、と言い、弐吉らを引き連れて明神下へと姿を消した。

「仕方ねえ」と与兵衛も、明神下の方へ歩き出しながら言った。「取り敢えず、小普請組の連中から吉村治兵衛の噂を拾うか」

「どの辺りから攻めやしょう？」寛助が訊いた。

「中間小者が何か耳にしているかも知れねえ。その辺からだが、まずは八幡様だ」


八月十五日。

滝村与兵衛と寛助らは、人波を掻き分けるようにして富岡八幡宮の本殿脇に設けられた氏子《うじこ》らの休息所《やすみどころ》に帰り着いたところだった。

「いやあ、すげえひとだ」思わず新七が叫んだ通り、先が見えぬ程の人出であった。

この頃江戸には、町屋の者約五十万人、武家約六十万人、寺社方の者約七万人、総計約百十七万人が住み暮らしていると言われていたが、その大半が押し寄せて来たのではないか、と思われる程だった。

「御神輿《おみこし》は御覧になられましたか」町名を染め抜いた法被《はっぴ》を着た氏子のひとりが、寛助に訊いた。

紀国屋文左衛門《きのくにやぶんざえもん》が奉納した総金張りの宮神輿のことだった。

「今年も拝ませていただきました」

出された茶を啜《すす》りながら寛助が答えている。

人波に目を遣っていた新七が、手を伸ばして米造の背をつっ突いた。

「何だよ」

新七が目の動きで参拝客を指した。

絽《ろ》の着物を涼しげに着こなし、髪を粋《いき》な銀杏《いちょう》崩しに結い上げた女がいた。手にした団扇《うちわ》を時折くるりと回している。

丸髷《まるまげ》でもなく、鉄漿《かね》もつけていないところからすると、まだ独り身に違いないが、年は三十路《みそじ》に分け入っている。大年増だ。妾《めかけ》かも知れない。

「親分」米造が寛助に、眼福ですぜ、と声を掛けた。

寛助が気を利かせたつもりなのだろう、与兵衛に伝えた。ふたりの前を、女が通り過ぎた。数歩遅れて歩いていた四十代くらいか、手代風体のふたりの男が、与兵衛らに気付き、俄《にわか》に目を伏せた。ひとりの手に藍染めの細長い袋が握り締められていた。

「あの男、やっとうの遣い手かも知れねえな」

「するってえと、女の用心棒って訳で?」

「それか、見張りだろうな」

「ひとりにしておくと、どんな虫が付くかも知れねえって訳でやすか」

「そんなところだ」

茶を飲み干した与兵衛らは、また見回りに出ることにした。池の周りは五十貝と塚越が二手に分かれて巡回しているので、門前町の様子を見てから裏の十五間川《じゅうごけん》の方に行くことにした。

十五間川は別名油堀川と言い、油堀に続いている川である。土地《ところ》の者は、大川近くを油堀、八幡宮の裏辺りを十五間川と呼び分けていた。

歩き出した与兵衛らの足を、野太い悲鳴が止めた。

「こっちから聞こえやした」

新七を先頭にして、本殿の左手に走った。八幡宮の木立を抜けると門前町に渡る橋がある。その橋の手前のところで、男が右腕を抱え、のたうち回っていた。

「何があった?」寛助が、男を取り巻いている者どもに訊いた。

「掏摸《すり》でございます」

お店の主風の男が答えた。倒れて唸《うな》っているのが当の掏摸で、腕を折られたらしい。女の脇をその男が擦り抜けた、と思った瞬間、女の後ろにいた男が、細長い袋で打ち据えたのだ。中には棒のようなものが収められていたと思われる。

「まあ、その素早かったこと。このひとの行く手を遮《さえぎ》ると、瞬《まばた》きする間もなくぴしゃり、でございます」

「袋ってのは、藍染めだったか」

「さあ、そこまでは。黒っぽかったように覚えております」

「その女だが、絽の着物で銀杏崩し、えらく見目《みめ》のいい女じゃねえか」

「その通りでございます」

ありがとよ。与兵衛は、米造と新七に助け起され、橋のたもとの切石に座らされていた掏摸に尋ねた。

「何を掏《す》った？」

「旦那、信じて下さいやし。あっしは掏摸じゃござんせん」

「俺たちは、てめえが掏っているところを見た訳じゃねえ。お縄になんぞしねえから、正直に言ってみな」

「見逃して下さるんで？」掏摸が、探るような目で与兵衛を見た。

「その怪我《けが》だ。当分悪さは出来ねえだろうしな」

「お察しの通りで」

「何か掏れたか」

「掏るどころじゃありやせん。指を思いっ切り弾《はじ》かれやした」

「弾いたって、誰が？」与兵衛が訊いた。

「あの女でやすよ」

米造と新七が、頓狂《とんきょう》な声を上げた。

「並の女じゃねえってことか」

「へい。掏ろうとした時、女と目が合っちまったんでございやす。あの女、あっしが掏摸だと分かっていて、身を躱《かわ》すどころか、こう、晒《さら》すようにして来たんです。で、つい誘われるように掏ろうとしたら、指を弾かれたって訳で。どういうことか、あっしにもよく分からねえんで」

「そいつはてめえで考えな。それより、女どもは、どっちに行った？」

「転げ回っていたんで、見ておりやせん」

与兵衛は、ことの成り行きが気になるのか、まだ居残っていた先程の主風の男に、男と女がどっちに行ったか、訊いた。

「猪《い》ノ口《くち》橋の方に向かったように見受けられましたが」

そのまま西に向かって橋を渡り継いで行けば、永代橋に出る方角だった。追おうかとも考えたが、掏摸の腕を打ち据えた男に非がある訳ではない。

「これを潮に足を洗え」掏摸を諭し、「ありがとよ」主風の男に礼を言い、新七にふたりの住まいと名を書き取らせ、持ち場に戻ることにした。

「どういうことなんです？」寛助が、歩き出しながら訊いた。「あっしには、女の心ってもんが分からねえんで」

「試したんだよ、掏摸の技量を。だが、女のお歯に合わなかった。そんなところだろうぜ」

「面白いんですかい、そんなことをして？」

「俺にも分からねえが、そこら辺の囲われ者のすることじゃねえってことは確かだろうよ」

寛助は首を左右に振ると、あっしの若《わけ》え頃は、と言った。

「心がねじくれている奴は、でこっぱちんところに『曲』と、真っ直ぐな奴は『直』と書いてあるように見えやしたがね。それが、この節と来た日にゃ、見分けが付かなくなっちまいやがった。えれえ世の中になったもんでやすよ」

額をぴたぴたと叩いていた寛助が、滝与の旦那、と言って目の前の人込みを睨《にら》んだ。

「また何か起ったようでやすよ」

人の波が左右に分かれ、その中を手代風の男が走って来る。男の目は間違いなく与兵衛らを見ていた。

「そのようだな」

「旦那、八丁堀の旦那」男が悲鳴のような声を上げた。

「何でえ、何でえ？」寛助が年に似合わぬ大声を発した。

「裏の川で、子供が溺《おぼ》れたとか、溺れそうになったとかで騒いでいます」

「畜生、亀だ」新七が叫んだ。

「案内してくれ」与兵衛が男に言った。

男が泣きそうな顔をして頷いた。

「走れ」米造と新七に言った。「はぐれたら、半刻後さっきの休息所《やすみどころ》で落ち合うぞ」

「合点でさあ」

男が先頭に立ち、米造と新七が続いた。与兵衛と寛助は、ふたりの背を目印に駆け出した。

二

八月十六日。昼八ッ（午後二時）。

滝村与兵衛と寛助らは、湯島天神を背にして北西《いぬい》の方角へ歩いていた。棟梁《とうりよう》屋敷を過ぎると、右手にからたちの生垣が続いている。春日局《かすがのつぼね》の菩提寺、天沢山麟祥《てんたくさんりんしよう》院《いん》、別名からたち寺の生垣である。もう一月もすればからたちの実が黄色く熟し、芳香が辺りに漂《ただよ》うだろう。

与兵衛らは、更に足を進め、本郷《ほんごう》四丁目へと向かった。

殺された吉村治兵衛が世話役を務めていたのは、小普請組の九の組だった。この組下に入る御家人たちは、主に本郷御弓町《おゆみちよう》周辺に住まいしている。無役《むやく》の小普請組の者に決まった組屋敷はない。隣り合って住まいする場合もあったが、点々と離れた土地に屋敷を賜《たまわ》って住まう者の方が多い。吉村治兵衛は、それらを一軒一軒見回っていたことになる。

本郷御弓町辺りに住む者が安酒を呷《あお》るとしたら、向かう場所は本郷二丁目から五丁目の飯屋を兼ねた居酒屋であろう。そこで吉村治兵衛のことを訊き出してみよう、と与兵衛は考えたのである。

御弓町という町名は、元御先手弓《おさきてゆみ》組の組屋敷があったことに由来する。本郷に御弓組の組屋敷を置いたのは、ここが江戸城の鬼門に当るからだ。この地で弓の弦《つる》を鳴らして鬼門除けの鳴弦《めいげん》を行ったのである。ところが、上野に寛永寺《かんえいじ》が建立《こんりゅう》されることで、鬼門封じの方は寺方に移ることになった。御弓組は、御役御免となり、組屋敷は目白台《めじろだい》へと移され、今は町名にのみ御弓組の名が留《とど》められていた。

本郷四丁目の自身番の前に出た。寛助が米造に顎を振った。

「ご免よ」

米造が自身番の腰高障子をぐい、と開けた。用はひとつ。自身番に詰めている者から、御家人や中間が足繁く通う居酒屋を聞き出すことであった。

「左様でございますね」と大家の喜左衛門《きざえもん》が、掌を擦り合わせた。「ここらは居酒屋が多うございますからね」

一丁目には蛤蜊店《はまぐりだな》とも浅蜊店《あさりだな》とも呼ばれる程、貝の商いの盛んな横町があり、三丁目は肴店《さかなだな》という名が付いているくらい肴を商う店が建ち並んでいたことがございましたので、やはり、ついつい酒を飲みたくなるのでございましょうか。

喜左衛門は、この辺りのは大きくふたつに分けられる、と言った。

「ひとつは小普請支配の方々の行かれる店。もうひとつは、小普請組の方々が贔屓《ひいき》にされる店。中間や町屋の者は、その両方に顔を出します」

小普請支配とは、無役の旗本のことであり、小普請の下に《支配》と付くか、《組》と付くかによって、無役の旗本か御家人なのか、即座に分かった。

「よくしたものだな。旗本と御家人が面《つら》付き合わせねえようになってるのか」

「自然とそうなっております」

「小普請組の方で、特に中間が多くいそうなところを二、三軒教えてくれねえか」

「それでございましたら……」

喜左衛門が言った居酒屋の名を、新七が書き留めている。

「詳しいじゃねえか、よく飲みに行くのかい?」与兵衛が訊いた。

「私は、不調法なものでまったく」

「なら、何で知っているんだ?」

「この町で生れ育っておりますからね。たいがいのことは存じておりますですよ」

「成程」得心した序《つい》でに、小普請組に関する噂を何か耳にしていないか、訊いてみた。

侍のことは、喜左衛門には関心が薄いのか、はかばかしい答は返って来なかった。

居酒屋《おたふく》は、本郷五丁目にあった。日が落ちる頃ともなると、近くにある加賀国前田家上屋敷の勤番武士などで賑《にぎ》わうのだが、夕刻前のこの頃は、町屋の者や中間・小者が席を埋めていた。

「頼むぜ」与兵衛が寛助に言った。

一目で八丁堀と分かる与兵衛が顔を出したのでは、中間どもは口を閉ざしてしまう。だからと言って、手下を引き連れ、数で押す訳にも行かない。ここは寛助ひとりに任せ、与兵衛らは少し離れた路地の角口で待つことにした。

「承知いたしやした」

寛助は尻《しり》っ端折《ぱしょ》っていた裾《すそ》を下ろすと、唾《つば》で鬢《びん》を整え、ぴょんぴょんと飛び跳ねるようにしておたふくの縄暖簾《なわのれん》を潜《くぐ》った。

寛助が戻って来たのは、それから半刻（一時間）後だった。

どうだった？　与兵衛が訊く前に、寛助は手を小さく横に振った。

「面目《めんぼく》ござんせん。ここの奴らは、誘いを掛けても乗って来ねえんでさあ」

「仕方ねえ。ご苦労だが、二軒目に行こう」

本郷三丁目の横町にある《染八《そめはち》》に向かった。

染八は、名は艶《つや》っぽいが、苦虫を噛み潰《つぶ》したようなご面相の親父が、小女《こおんな》を使って切り盛りしている店だった。

「今度は、米、お前が先に行け」と寛助が言った。「後から俺が行き、落ち合うって寸法だ。伯父貴《おじき》と甥《おい》っ子で、博打《ばくち》好きの甥っ子を叱るという狂言で行こうじゃねえか」

「もちっといい役にはならねえんですかい。大和屋《やまとや》が演《や》るような」

大和屋は、歌舞伎の人気者・岩井半四郎《いわいはんしろう》の屋号である。

「てめえの面《つら》ぁ見て言え」

「その調子だ」与兵衛が、まず米造を送り出した。

米造が入れ込みに上がった頃合を見計らって、寛助が酒くさい息を撒《ま》き散らしながら染八の中に消えた。

「上手く行くといいんでやすが」新七が落ち着きなく身体を揺らしている。

「今日が駄目でも明日がある。焦るんじゃねえ」

そう言いはしたが、与兵衛も足踏みをしたい心持ちであった。

「伯父貴」米造が手を上げて、寛助を呼んだ。

「おう。そんなところにいたのか」

着物の裾に手を当て、ご免なさいよ、と言いながら入れ込みを進み、米造の向かいに腰を下ろした。

「騒々しくて、相済《あいす》いませんね」寛助が、隣り合った中間風体の男に声を掛けた。年の頃は寛助よりふたつ、三つ若いだろうか。六十前後に見える。

「いいってことよ。お互いさまだあな」男が答えた。いい食い付きだ。おたふくでは返事が返って来なかった。

周りの客も、男同様、年が行っていた。米造の顔を見た。してやったりという顔をしている。そういう面を見せるのは、まだ早《はえ》え。

「何か頼んだか」寛助が米造に訊いた。

「急ぐように言ってあるんだけどな」

米造の言葉が終る前に、銚釐《ちろり》と肴が来た。肴は小魚の煮物で、猪口《ちょこ》がふたつ付いていた。

「姐《ねえ》さん」と寛助が小女に言った。「名は何と言うんだい？」

「房《ふさ》ですが」声が硬い。警戒しているのだろう。

「お房ちゃんか。お前さん、猪口をふたつ持って来たけど、どうしてだい？」

隣の男が手酌で飲みながら聞いている。

「お客さんが見えたので、お連れさんだと思ったんですが」

「えらい。その気働きが出来るところが気に入った。俺は飲むよ。いい気分になっちまった。酒、もちっと頼む。それから、何が出来る?」

「よし。鮹《たこ》の煮物とか、茄子《なす》の煮浸《にびた》しは美味《おい》しいですよ」

「鮹と茄子をもらおうか。共食いだ」寛助がおでこをぴしゃりと叩いた。

房が口許を手で隠しながら、板場に注文を通している。

「ありゃあ、いい娘だね」寛助が隣の男に言った。

「ああ、気持ちのいい娘だ」

「どうです? 一緒に飲《や》りませんか」寛助が男を誘った。

「いいのかい?」男が米造の顔をちらりと見た。

「こいつは俺の甥っ子なんですが、博打が好きでね。こいつの母親、俺の妹から意見してくれ、と頼まれちまったんですよ。実を言うと、こいつに博打を教えたのは俺なんだけどね。それで、何と言って妹を誤魔化《ごまか》すか、相談をぶとうってえ寸法なんですよ」

「そいつはいいや」男は笑うと、横にいる男の脇腹を肘《ひじ》で小突いた。横の男も中間風体で、年は寛助より少し上のように見えた。

「兄ィはどうも暗くていけねえ。たまには飲んで騒いで、憂《う》さを晴らした方がいいんじゃねえかな」男が、混ぜてもらえるか、と訊いた。

「お連れさんで？」米造が訊いた。

「店での顔見知りって奴だ」

「構わねえですよお。知恵を貸しておくんなさい」寛助は尻をずらして場を空けた。

男がふたり加わり、四人で向かい合う形になった。

「俺は寛吉《かんきち》、こいつは米助《よねすけ》。兄さんたちは？」

「俺が安次郎《やすじろう》で」と男が言った。「こちらが半助《はんすけ》の兄ィ。ふたりとも見ての通りのもんだ」

酒が酌《く》み交わされている間に鮪と茄子が来た。飲み、摘《つま》み、笑い、座が解《ほど》けたところで博打の話を簡単に済ませ、寛助が尋ねた。

「兄さん方のご主人ってのは、御旗本なんですかい？」

「いいや」答えてから安次郎が声を潜《ひそ》めた。「小普請組だが、それが何か」

「悪気で言ってるんじゃねえから、怒らねえでおくんなさいよ」寛助が続けて言った。「前に、小普請組は貧しいから中間を雇っている家は少ない、と聞いたことがあるんですよ。だから、兄さん方はどうなのかな、とふと思っちまったもんで」

「確かに貧乏だから、中間を置いてる家は少ねえが、まあ、何とか、な」安次郎が鮹の足を食い千切りながら言った。「俺たちゃ年だ。一旦辞めたらもう、使ってくれるとこなんてねえ。それで、僅《わず》かな宛行扶持《あてがいぶち》で我慢しているより仕方ねえってだけの話よ。若けりゃ、おん出ているよ。中には、違うのもいるけどな」

「違うってのは？」米造が訊いた。

「その家の居心地がいいとか、あるじゃねえか」

「ご主人がよくしてくれるとかってことかい。俺ぁ、馬鹿だ、間抜けだといつも小突かれてるから、そんなとこがあるなんて、どうも信じられねえな」

「俺が知っているのは、てめえが仕えているところだけだ。他人様《ひとさま》のことは分からねえ」

ぼそりと答えた半助を横目で見て、

「お役に就けば、よくなるのよ」と安次郎が言った。「一遍《いっぺん》に変るからな、家ん中が。着るものから食うもの、出入りする者。何より、組屋敷に入れるしな」

「そうなんですかい」寛助は、心の中で手を打った。肴を勧めながら訊いた。「何て言ったかな、この間、明神下で亡くなられた方がいたでしょ？　何でも、小普請組の方々のことを調べるお役目だったとか」

「吉村様だ」安次郎が言った。「ひどい殺されようだったそうだが」

「さあ、お名前までは存じませんが。いえね、今の話を聞いて、そうなのか、と一寸《ちょっと》合点がいったんですよ。そういうお役目の方のご機嫌を損ねると、なかなかお役に就けないいんでやしょう？」

「まあ、そうだな」

「ああいうお役目の方は、恨まれたりするんでしょうね」

「そりゃ恨まれるさ」

「安次郎さんのご主人も、その口なんですかい」

「皆よ、皆。役に就けなかったのは、皆そうよ。苦労して蓄えた……」

そこで、ふと安次郎は口に持って行っていた猪口を畳に置いた。

「におうな、おめえさんたち」

下から掬《すく》い上げるような目をした。

「何です、急に……？　嫌だな。怖い顔して、どうしたんです？」寛助は、脂《あぶら》の浮いた顔をつるりと撫《な》でて、笑って見せた。

「おめえさん、目明しだろ。ここらでは見たことのねえ面だし、小普請組のことを訊きたがるのも妙だ」

「本当か」半助が、僅かに身を引いた。

「そりゃあ、てえした勘違いだぜ。話がそっちに行ったから、訊いたまでじゃねえか。何を尖《とんが》ってるんでえ」

「それじゃ、お前さんの妹ってえのに会わせてもらおうじゃねえか。俺が博打を誘いました。二度と誘いません、と謝ってやろうじゃねえか」安次郎が寛助に言った。

「安次郎さん、よさねえか」半助が言った。心なしか、目におびえの色が走っているようだった。

「止《や》めた、止めた。面白かねえや。米、てめえが、ここで相談ぶちてえなんて言うから、妙な勘繰り受けちまったんだぜ」

「済まねえ、伯父貴」

米造が頭を掻いて見せた。寛助は、安次郎に横目をくれながら、鼻を鳴らした。

「こっちこそ、不愉快になっちまったぜ。折角《せっかく》いい気持ちで飲んでいたのによ」

河岸《かし》ぃ、替えるぞ。寛助は米造に言うと、勢いよく立ち上がった。

寛助が出、飲み代を払い終えた米造が後に続いた。ふたりの消えた戸口の辺りを、半助は凝《じ》っと見ていた。

「兄ィ、飲み直そうぜ」安次郎が半助に声を掛けた。半助はあいまいに頷くと、安次郎に向き直り、猪口を口にした。

寛助と米造は、万一見られていることを考え、角口で待つ与兵衛らを無視して、そのまま真っ直ぐ歩き続けた。

与兵衛らは、尾行の有無を確かめてから、角口を出、寛助らの後を追った。半町程先の横町の角口で、ふたりが待っていた。寛助と米造が膝《ひざ》に手を当てた。

「相済みません。しくじりやした」

「気付かれたか」

「へい。何とか言い繕《つくろ》って、取り敢えず出て参りやした」

「仕方ねえ。そんなこともあるさ」

「どういたしやしょう?」

「こうなりゃ、明日は真《ま》っ向《こう》から攻めるとするか」

「と仰《おっ》しゃるってえと?」

「吉村を恨んでいた御家人《の》に直《じか》に訊くのよ」

一番の早道だろうが。与兵衛は寛助の背を押すようにして、どこかへ入るぜ、と言った。

「俺たちは腹ぺこで、咽喉《のど》はからからだ」

三

八月十七日。九ツ半（午後一時）。

与兵衛らは、小普請組九の組の御家人を探しながら本郷御弓町界隈《かいわい》を歩いていた。九の組の者の住まいなど、支配違いの壁さえなければ、他の世話役か組頭に問い合わせれば苦もなく分かりそうなものだったが、それが適わぬのは、目付の態度から容易に推測出来た。

道の左右に、御家人の住まう屋敷とは名ばかりの家々が建ち並んでいた。この辺りには立ち寄る者もいないのか、静けさが影絵のようにうずくまっている。

既に二軒の屋敷を訪《おとな》い、九の組の心当りを尋ねたが、門前払いを食わされていた。

花の落ちた山茶花《さざんか》の生垣を過ぎると、青木の生垣となった。生垣の先に、二本の丸太を建てただけの、形ばかりの門があった。

「訊いて来るぞ」与兵衛がひとりで門を入った。

「お頼み申しやす」寛助らが頭を下げた。

商家ならば、当然御用聞きが行くのだが、相手が武士である以上、御用聞きは門内に立ち入るのを遠慮しなければならない。町方の同心もまた、迂闊《うかつ》に入れば咎《とが》められる。支配違いの壁は厚かった。

玄関から声を掛けると、与兵衛の前に、主なのだろう、月代《さかやき》の伸びた武家が現れた。

「はて、町方のようだが、何用かな？」

声が落ち着いている。これなら、答えてくれるかも知れない。与兵衛は、身分と姓名を名乗り、九の組の方を探している。ご存じならばお教え願いたい、と辞を低くした。

「よく存じてはおるが、何ゆえ探しておられるのか、その理由を伺わねば、教える訳には参らぬな」

与兵衛は、世話役殺しの一件を調べていることを打ち明けた。

「町屋の者が関わっているような気配ですので、私たちも探索に加わっている次第です。お名をお聞かせ下さるだけでよいのです。お教え願えませぬか」

「それは構わぬが、そのようなことは奉行所から組頭に願い出れば済むのではないかな。どうしてそうされぬのだ？」

「……いろいろと御用繁多のご様子なので、遠慮いたしております」

「済まぬ。訊くまでもなかったな。町方は手出しするな、という訳か。困った連中だな」

「お手前は、いかに」

「俺には、そのようなこだわりはないつもりだ」

「それを伺って、安堵《あんど》いたしました。では、お教えいただけますか」

「何のことはない。俺も九の組の者だ」己の鼻を指さした。あっけらかんとした物言いだった。

「お手前が……」本当か、と一瞬疑ったが、気を取り直し、訊いた。「お話を伺わせていただけましょうか」

「そうしてやりたいのは山々だが、今、手が離せぬところでな」

膝の辺りに、細かな紙屑《かみくず》が付いていた。内職仕事で紙細工のようなものを作っているのだろうか。

「そこを何とか、なりませぬか」

「そうさな……」無遠慮に与兵衛の頭のてっぺんから足の先まで眺めると、「この辺りの者も、町方に背を向けているようだな」と言って、口の端を歪《ゆが》めるようにして笑った。

「難渋いたしております」

「それならば……」手で玄関の外を示し、与兵衛を送り出すようにしながら、「足許を見るようで済まぬが」と言った。「美味い酒と肴。それとな、少々の手土産。それで、お前さんの問いに答えるってのはどうだ？　乗るか」

「致し方ありませんな」

「承知してくれるのか」

「しましょう」

「では、待っていてくれ。家の者に言うて来るのでな。そうだ、まだ名乗っていなかったな。俺は、小野田定十郎《おのださだじゅうろう》と言う。間違えるなよ。斧定九郎《おのさだくろう》ではないぞ」

斧定九郎は『仮名手本忠臣蔵《かなでほんちゅうしんぐら》』の五段目に登場する色悪《いろあく》である。

小野田は、下駄を跳ね飛ばす勢いで、家の中に飛び込んで行った。

声が筒抜けだったのだろう。振り返ると、寛助らが呆《あき》れたように肩を竦《すく》めていた。

程無くして、皺《しわ》だらけの袴《はかま》に大小の刀を落し差しにした定十郎が玄関ではなく、脇の方から現れ、

「お待たせいたした」

と、与兵衛らを急き立てるようにして先頭に立った。

「行き先だが、適当に決《せ》めてよろしいかな？」

異存はなかった。定十郎の身形《みなり》からして、大名家の江戸留守居役が出入りするような料理茶屋に向かうとも思えなかった。

定十郎の足は東に向いている。このまま行けば、本郷の町屋に出ることになる。寛助が、もしや、という顔をして与兵衛を見た。染八だと、昨日の中間たちと出会《でくわ》さないとも限らない。

いびつな四つ辻に差し掛かった。足を止めた定十郎が、南を指し、

「五軒目と六軒目が九の組の者だ。俺の話だけで物足りなかったら、行ってみるとよい。頭も口も回らない者らだから、たかられることもないだろうよ」

ははっと口を開けて笑い、反対の北の方を指さした。

「この突き当りにある寺が本妙寺《ほんみょうじ》だ。あの明暦の大火の火元だよ」

明暦三年（一六五七）正月十八日。御施餓鬼《おせがき》で焚《た》き上げた振袖《ふりそで》が因《もと》となり、死者十万余人を出した大火事で、俗に振袖火事と言われている。

「もう少し歩くがよろしいか」定十郎が遠慮がちに訊いた。

「染八なら昨日覗きましたが、騒々しくて話を聞くには相応《ふさわ》しくないようでしたが」

「あそこは懐《ふところ》がひどく寂しい時に行くところでな。今日は、もちっとよいところだ。五丁目に《とんび》という居酒屋があるが、知っているか」

「いえ。そこへ行くのですか」

「うむ。贔屓《ひいき》なのだ」

寛助と米造が、ほっとした表情を浮かべている。

とんびは本郷五丁目の通りと、加賀国前田家上屋敷の土塀に挟まれた町屋の中程にあり、店先に吊り下げられている大きな作りものの油揚げが目印になっていた。

「とんびに油揚げって訳だ。肴は油揚げの細工ものしかないが、これがなかなか美味いのだ」

肩で風を切る勢いで、定十郎はとんびの縄暖簾を潜ろうとした。

「おや、旦那」と、入口に作られた板場の者が定十郎に言った。「今はまだ三段目ですぜ。五段目にはちと早かござんせんか」

板場からは、油揚げを焼く香ばしいにおいが、白煙とともに立ち上っている。

「そう言うな。今日はな、連れの御仁が馳走《ちそう》してくれるのだ。案ずるな」

板場の男は、ひょいと首を伸ばして与兵衛らを見、頬を緩めた。

「五段目になりやした。ささっ、入っておくんなさい」

「待ち兼ねたぜ」

定十郎は両の掌を擦《こす》り合わせた。

「二階はあるか」与兵衛が板場の男に訊いた。

「ございますが……」男は僅《わず》かに眉根《まゆね》を寄せた。

「使わせてもらうぞ」

男は、小女に二階に上げるよう、指を上に向けて指図した。

二階は、余程立て込んで来ないと客を通さないらしく、相客は誰もいなかった。

小女が、何にするか、と与兵衛に訊いた。

「酒と、肴は適当に見繕《みつくろ》ってくれ」

「それならば」と定十郎が言った。「味噌だれの付け焼きを人数分。それとな、巾着《きんちゃく》だが、玉子はあるか」

「ございます」

「ならば、玉子を落したのとひじきの白和《しらあ》えを、やはり人数分。よろしいですかな」

定十郎が与兵衛に訊いた。与兵衛が頷くと、小女は下に下りて行った。小女の頭が階段口に沈み込むのを待って、

「礼を申し上げる」と定十郎が言った。「巾着の玉子というのは、油揚げの中に玉子

を落して煮たものなのですが、このところ懐不如意《ふにょい》でしてな、食べたくて、食べたくて、夢にまで見ていたのです。いや、お恥ずかしい話ですが」

定十郎は照れくさげに首筋に手を当てた。

「ふたつでも、三つでも、心置きなく召し上がってください。それよりも、酔う前にお訊きしたいことがたくさんあります。まずは、世話役の吉村治兵衛殿のことです。どのような仁であったのか、正直なところをお聞かせ願いたい」

「……一言で言えば、ひどい男でした」定十郎が言った。「小普請金の取り立てなど、情け容赦もなかった」

小普請組の者には夫役《ぶやく》が課されていたが、元禄《げんろく》三年（一六九〇）、夫役の代りに人足金を納めるようになった。それが小普請金だった。

「出来れば、俺が殺してやりたかった程だ。だが、出来なんだ。家名存続のためには忍ばねばならぬ、などと尤《もっと》もらしい言い訳は出来るが、要するに意気地《いくじ》がなかったのだ……」

気が落ち着かぬのか、指先をせわしなく動かしながら定十郎が続けた。

「あいつは、ねちねちした男で、何でも彼《か》でもしつこく尋ねた。月に三度、学問所で行われる四書の講義を受けているか。しっかりと理解しているか。それだけではない。剣の稽古は？　弓の稽古は？　素行はどうか。どこぞの悪所に入り浸ってはおらぬか。行く金があるとでも思っているのか、と怒鳴り付けたくもなった。あいつが帰ると、いつもこっそり塩を撒いたものだった……」

階段を上がる足音が聞こえて来た。定十郎は言葉を切り、階段の方に視線を移した。小女の頭とともに、銚釐《ちろり》が覗いた。定十郎の顔に朱が射した。

銚釐と油揚げの付け焼きが、車座になっている皆の真ん中に置かれた。定十郎は銚釐に手を伸ばすと、形ばかり与兵衛に注ぎ、すぐに手酌で飲み始め、油揚げを食べるように、と皆に言った。

「焼き立てが美味いのです」

油揚げに味醂《みりん》と酒で溶いた味噌を塗っただけのものだったが、味噌の風味とさくりとした歯応えで、極上の肴と言えた。しかし、肴を賞味しに来たのではない。

「誰も、何も言わなかったのですか」与兵衛は、定十郎に尋ねた。

「勿論《もちろん》」と、もう一口酒を含み、定十郎が答えた。「俺も存外気が弱い、と己自身に唾《つば》したいところだが、小声で言い返したこともあるにはあった。だがの、言い返すと、嫌みったらしく屋敷替えをちらつかせるのだ。今以上に遠く、小さく、汚いところに移されでもしてみろ。浮かぶ瀬などなくなってしまうわ。我ら小普請組に属する者が、何事かの願いを文書にしたためたとする。それを差し出すべき先は、世話役なのだ。世話役に嫌われたら最後なのだ。願いが聞き入れられるかどうかは、ひとえに奴の匙《さじ》加減だ。これでは、文句など言えたものではない。親身になってくれる世話役も、これまでいなかった訳ではない。が、そのような御人《おひと》は、見所あり、と言うことで、直ぐに御小人目付や御徒目付に推挙されていなくなってしまう。畢竟《ひっきょう》、あの吉村治兵衛のようなこすっからいのが、居残るって訳なのだ」

「九の組の者、殆《ほとん》どすべてが吉村殿に恨みを抱いていた、と受け取ってよろしいのですか」

定十郎は、酒を一息に飲み干すと、太い息を吐き出した。

「……ある家の話をしよう。俸禄は、三十六俵二人扶持。米を金に替え、小普請金の二分を納めると、十五両四朱となる。これだけでは、一家が食べていくことは出来ない。分かるだろう?」

「はあ」

「御番入りを果せば、役料などの手当が支給され、暮らし向きは格段によくなる。そのため、この家でも、御番入りのために世話役や組頭にせっせと進物を贈った。無論、内証《ないしょう》に余裕がある訳ではないから、内職をし、小金を貯めたのだ。それこそ、爪《つめ》に火を灯《とも》すようにして、な。随分《ずいぶん》と吉村には無理をして贈ったのではないかな。吉村の方は、もらった時はよい顔をするのだが、一向に動かぬ。もらいっ放しだ。ある時、参拝に詣《もう》でた寺社の境内《けいだい》で、偶然に出会《でくわ》した。思わず、あの件はどうなりましたか、と詰め寄った。吉村には連れがいたのにな。焦っていたのだろう。場所柄もわきまえず、貧すれば鈍するとは其の方のことだ、と言って笑ったそうだ。連れも、同じ世話役の者で、吉村をたしなめるでもなく、ともに笑っておったと言う。悔し涙を流すしかなかった……」

大きな鉢《はち》が来た。詰め物で膨らんだ油揚げが汁にひたひたと浸かっている。巾着《きんちゃく》のような形をしていた。半分に切ったその切り口が開かぬように、楊枝《ようじ》で留めてある。定十郎は巾着から与兵衛に目を戻すと、小女に構わず話を続けた。

「よく知っているな、と顔に書いてありますぞ。その者から、この耳で聞いたことです。その後、この者は病に倒れてしもうた。薬料のために、家財と言っても何もなかったが、すべて売り尽くした果てに、死んだ。まだ三十八という若さだった。その間も、小普請金は取り立てられていた。ご新造《しんぞ》は、気丈に葬儀一切を済ませた後、急養子を拒絶し、夫の後を追った。そのまま、この家は断絶となった。『これでよかったのやも知れぬな。後、売るものは身体《からだ》だけだからな。それも恥さらしなことであろう』。それが、ご新造の葬儀に現れた吉村の言葉だった。皆、その場に凍《こお》り付いたよ」

「……その御家が、何という御家なのか、教えていただく訳にはいきませんか」

「それは、言えぬ」

「では、いつのことか、は？」

「……俺の口からは言いたくない。もし、仮に、だぞ。仮に、その家に繫《つな》がる者が、此度《こたび》のことを成したのならば、俺はその者を褒《ほ》めこそすれ、責める気には到底なれぬのだ。分かっていただきたい」

「……お気持ちは分からぬでもありませんが」

定十郎は、黙って酒を舐《な》めている。

「ひとつお伺いします。その家ですが、中間は置いていましたか？」

「……何ゆえ、それを訊く？」

「念のためです」

定十郎は、探るような視線を投げた。

「大分古びたのがひとり、いたように思う。よぼよぼしていたな」

与兵衛の目が、細くなった。

「失礼ながら、暮らし向きも楽ではなかったのではありませぬか。そのような老人を置く程の余裕は」

「……あれはそう、確かご新造が子を宿された時に雇い入れたのだったと思う。急場凌《しの》ぎに、台所仕事の出来る中間を求めたのだ。五十半ば過ぎと年は取っていたが、その頃は足腰も達者で、細かなことによく気の回る働き者だったらしい。ところが、その年の夏、その中間は暑気あたりか何かで寝込んでしまった。家事をさせるために雇うた者に寝込まれたのでは、たまったものではない。口入屋に言って引き取らせるのが定石《じょうせき》だが、その夫婦は親身になって中間を看病してやった。それを恩に着た中間は、その後も給金は要らないから置《い》いてくれ、と居続けていたのだよ。ご新造が身体の弱い方であったから、それもあってのことだろう」

「名は？」

「何と言ったかな。名など呼んだことがないので、覚えておらぬな」

「中間がその家に雇い入れられたのは、今から何年前のことでしょう」

「十一……、いや、十二年の昔になるか」

「成程。その者ですが、今はどこにいるのでしょうか？」

「ご新造が亡くなられた後は、姿を消したようだ。蓄えもなかったであろうから、今頃はどこぞで野垂れ死にでもしているのであろうよ」

「先程、急養子と言われましたが、そのご夫婦に子は生まれなかったのですか。ご新造がお生みになったのでは？」

「残念ながら、三歳の時に風邪が因《もと》で死んだ」

「……そうでしたか」

与兵衛は、空になった猪口に目を落した。

「滝村殿」

定十郎が口を開いた。

「悪口を言い募《つの》って来たが、かく言う俺も、吉村に賄《まいない》を贈っていた者だ。今では捨て金になってしまったがな。彼奴《あやつ》のことなど、俺が言わなくても、遅かれ早かれ、誰かが不満を口にするだろう。ならば、俺が話して、せめて幾らかでも金を取り戻した気になってやろう、と思ったのだ。さもしい根性と思われるだろうが」

「いえ、そのような」

「思え。思ってくれ。そう言ってくれる方が楽なのだ。賄を贈るより、その分の金を貯め込み、こっそり金貸しをしている者もいる。僅かの稼ぎだが、塵《ちり》も積もればという奴で、今やのうのうと暮らしている。俺も、其奴のように達観してみたいものだ、とつくづく思うのだよ」

定十郎は猪口の酒をくいと飲み干すと、玉子の巾着を手元の小皿に取り分け、楊枝を抜き、汁気を吸いながらゆるりと噛んだ。黄身がとろりと口中に流れ込んだらしい。うっとりと目を細めてから、同じような顔をしている新七に、どうだ、と訊いた。美味いだろう。

「こんなのは、初めてでございます」

「滝村殿も食べて下さい。火が通り過ぎると玉子が固くなり、味が落ちる。今がぎりぎりのところです」

与兵衛が、寛助らが、箸を伸ばした。

「美味《うめ》え」与兵衛と寛助が、同時に声を上げた。

「極楽たあ、こんなものが毎晩出るところでやしょうか」新七が誰にともなく訊いた。

「てめえの極楽は、ちぃと安かねえか。まあ、気持ちは分かるがな。あっしは嬶《かかあ》に言って、こういうのを作らせてみやす」寛助が口許《くちもと》を拭った。

「済まぬが」と定十郎が、与兵衛に言った。「妻と娘がおるのでな。これを土産にもらいたいのだ。構わぬであろうか」

寛助の目尻から、笑い皺が消えた。与兵衛が、すかさず言った。

「構わないですとも。それと、何か他のものを添えて、お土産《みや》を頼んで来てくれ」と米造に言った。「鍋を貸してくれるよう言うのを忘れるなよ」

「心得ておりやす」米造が身軽に階段に走った。

「ちょいと、手水場《ちょうず》へ失礼いたしやす」寛助が後を追った。

ふたりの足音が階下へと消えた。

「恥ずかしくない、とは言わぬ」銚釐を逆さに傾けながら、定十郎が言った。「小普請組の者は、皆、俺と同じようなものなのだ」

「飲んで下さい」与兵衛は、もうひとつの銚釐を手に取ると、残りを確かめてから、定十郎の猪口になみなみと注いだ。「いい酒に、美味い肴でした。小野田殿はよい舌をしておられます。それは、間違いのない生き方をなさっている証《あかし》ではないか、と思います」

「……八丁堀は口が上手いのだな。だが、ありがたく受けておく」

定十郎は猪口を目の高さに持ち上げると、咽喉《のど》に放り込むようにして飲み干した。

「どこまでが、本当なんでやすかね？」寛助が、定十郎の後ろ姿を見ながら言った。

定十郎は土産の鍋と酒徳利を手に、御弓町への道を歩いている。振り向こうともせず、傾いた日を見据え、歩みを重ねている。

「分からねえが」と与兵衛が言った。「すべて本当のことかも知れねえし、嘘かも知れねえ。取り敢えずは、定十郎殿の言った御家人について調べてみようじゃねえか」

「本当だとすると、その家の縁者が金を集めて犬目を雇ったか、それとも、その家にいた中間がやったんですかね。足腰がしゃんとしていたら、ですが」

「中間でなくとも、恩を受けた誰か、かも知れねえな」

「滝与の旦那。折角教えてもらったんです。五軒目と六軒目だという屋敷を訪ねて、話の裏を取ろうじゃありやせんか」寛助が言った。

「そうは行かねえ。酒くさい息をして行けるかよ。明日の朝に回すしか仕方がねえだろう」

自らに言い聞かせるように、与兵衛が言った。

第四章　半　助

一

八月十八日。四ツ半（午前十一時）。

滝村与兵衛は寛助らを伴い、本郷御弓町にある三上兵七郎《みかみへいしちろう》の明屋敷《あけやしき》に向かってい
た。朝から、小野田定十郎に教えられた九の組の者を訪ね回り、絶家になった家が三上家であることを突き止めたのだ。

三上兵七郎が亡くなったのは、昨年暮れの十二月二十九日。葬儀などを済ませた後、今年の二月二十九日に妻女も後を追い、それ以来明屋敷となっていた。

三上家について定十郎が言ったことは、殆《ほとん》どが本当のことであった。違っていたのは、中間が年の割には身体頑健で、しっかりした男だった、という一点である。話を

聞いたいずれの者も、その点は断言した。また、定十郎が知らぬと言った中間の名も判明した。半助だった。

半助の名を聞き、寛助と米造が、居酒屋の染八で飲んだ中間のひとりが、半助と呼ばれていたことを思い出した。

背丈や年の頃は、似ていた。染八や他の居酒屋でも聞き回り、三上家にいた半助と、染八で出会った者が、同じ男であるという感触を得たが、だからと言って、半助が世話役を殺した、という確証にはならない。半助の住まいについても、知っている者はいなかった。

与兵衛らは、三上兵七郎の明屋敷に行ってみることにした。

その屋敷の中に、半助に繫がる何かがある、と与兵衛の勘は言っていた。

貧しい家計を遣《や》り繰《く》りして、病に倒れた中間を世話してくれた夫婦の厚情に感じ入り、それ以来給金なしで働いていた男だ。主従と言うよりは、家族のような心持ちだったに違いない。もし半助が世話役を殺したのだとすれば、悲憤《ひふん》のうちに亡くなった三上夫妻への思いが、殺しに向かわせたのかも知れない。

「勝手に入って、大丈夫なんですかね？」寛助が言った。

明屋敷とは、無住の拝領屋敷のことである。無住であろうと、御家人である小普請組の屋敷に町奉行所の同心が、御小普請組頭あるいは明屋敷を管理する明屋敷番伊賀組の許しも得ずに入り込むことは、許されることではない。分かってはいたが、右から左に許しが得られるとも思えない以上、こっそりと入ってみるしかなかった。

「そりゃあ、まずいかも知れねえが。では、止めておくか」

「滝与の旦那、あっしは主水河岸の寛助ですぜ。見損なってもらっちゃ困りやす」

「そう言える親分が羨《うらや》ましいぜ。もし見付かって、お咎《とが》めを受けてみろ。母が何と言うか。それを考えると、足が出なくなるぜ」

母の夢は、与兵衛が父の跡を継いで町火消人足改に就くことだった。お咎めを受ければ、ただでは済まない。同心の職を失う程ではないが、暫《しばら》くは閑職《かんしょく》に回されるとも限らない。

「やっぱり旦那は外で待っていておくんなさい。家ん中には、あっしどもが入《へえ》りやすから」

「冗談じゃねえ。てめえの目ん玉で確かめねえでどうするんだ。それを、なああで済ませられるようなら、こんな役目は引き受けねえよ」

「それでこそ、滝与の旦那ですぜ」

小野田定十郎の屋敷の前を通り、九の組の者が教えてくれた欅《けやき》の大木を目印にして、右に折れた。

三上兵七郎と妻女の郁《いく》が住み暮らしていた屋敷に着いた。門扉《もんぴ》はなく、丸太が左右にあるだけの門と、杉の生垣に囲まれた屋敷であった。受領の役人の手によって修復された後、板戸を巡らされていた。

中を調べるには、こじ開けるしかない。

「ぐるりを回って、外せるところがないか、見てくれ」

「へい」寛助が通りを見張っていた米造と新七を呼び、左右に散らせた。

玄関脇の梔子《くちなし》の低木に蔓《つた》が絡まり、萎《しお》れた朝顔がくったりと垂れていた。苗売りか、いずれかの朝市で求めたものなのか。主を忘れずに、律儀《りちぎ》に咲いていたのだろう。三上夫婦の人柄が偲《しの》ばれるように思えた。

「無理に外したような痕《あと》がついている戸がございやした」米造が裏から駆け戻り、与兵衛と寛助に小声で言った。

「ようし」答えた後で寛助が米造に、新七は、と訊いた。

「待たせてありやす」

「そうか」

「褒めてやっておくんなさい。あいつが見付けたんで」

「分かった」与兵衛が言った。

裏に回ると、新七が板戸と敷居の隙間《すきま》に目を凝《こ》らしている。

よくやったぞ。声を掛けてから、そこか、と訊いた。

「刃物の痕らしいのが……」

新七が指さしたところを見た。確かに、傷が付いていた。匕首《あいくち》を差し込み、こじ開けた時に付いたものと思われた。

「おい」寛助が顎《あご》で板戸を指した。

米造と新七が板戸の端に爪を立て、そっと外した。戸口からの明かりと、板戸の隙間から差し込む光を頼りに、屋敷の中を見回した。左の方に、狭いながらも式台のある玄関が仄《ほの》見えた。座敷を仕切る襖《ふすま》と障子《しょうじ》は取り払われ、畳はすべて裏返されていた。

寛助は袂《たもと》からちびた蠟燭《ろうそく》を取り出すと、小さな竹の容器に入れて来た火種に息を吹き掛けて火を熾《おこ》し、蠟燭を灯した。

「滝与の旦那」与兵衛に声を掛け、寛助が屋敷の板廊下へと上がった。草履《ぞうり》は裏合わせにして手に持っている。土足を遠慮したのだろう。

与兵衛らは朝吉を戸口の見張りに残し、屋敷を見て回ることにした。

蠟燭の乏《とぼ》しい明かりと隙間からの光を頼りに、奥へと進んだ。廊下に出、壁を回り、座敷に入った。居間に当るのだろうか。その向こうに濃い闇があった。次の間らしい。

「旦那」隅の方を見ていた米造が与兵衛を呼び、「親分」と寛助に明かりを照らすように言った。「こっちです」

「どうした？」

蠟燭を手で翳《かざ》しながら覗き込んだ寛助が、

「花が、ありやすぜ」

と言って、蠟燭を近付けた。

野菊が十本ばかり、藁《わら》で束ねられていた。

与兵衛は屈み込み、花と葉に触れた。

「枯れちまっているが、一月《ひとつき》も二月《ふたつき》も前のもんじゃねえ。せいぜい十日くらい前のもんだ。誰かが花を持って、ここへ来たってことだ……」

「滝与の旦那」寛助の目に蠟燭の灯《ひ》が映っている。

「……九日だ。あの雨の日じゃねえか」

それに、と言って与兵衛は野菊が置かれていた辺りを見回した。

「この家で仏壇を置くとしたら、ここらだろう」

「それじゃあ」寛助らが色めき立った。

「……知らせに来たんだろうな」

半助で決まりか。与兵衛の胸を吹き抜けるものがあった。それが、半助の心根を感じ取ってのことなのか。吉村治兵衛の噂を拾おうとして、偶然のように半助に辿り着いてしまったことへの驚きなのか。与兵衛自身にも分かり兼ねた。

「探せ」寛助が蠟燭を高く掲《かか》げた。細い明かりが揺れ動いている。

だが、目に付くようなものは何もなかった。

「ともかく、半助を探すしかあるまい」

与兵衛は寛助らに言って、板戸のところに戻った。

「何かあったか」与兵衛らの足音を聞き付けたのか、外から声がした。朝吉ではない。

寛助らが歩みを止めた。与兵衛も、声音を聞き分けようと耳を澄ました。

「高積、聞こえんのか」声が大きくなった。松原真之介だった。

「旦那」朝吉が、廊下に首を差し込んで言った。「北町《きた》の旦那でございます」

「らしいな」

松原の一歩後ろには、汐留の弐吉と手下らが控えていた。

「流石《さすが》、高積だ。俺らより先にここに来ているとはな」松原が言った。

「どうやって、三上の名を知ったのです？」

「小普請組の者で、この一、二年以内に亡くなった者を調べたのだ。家名が断絶していたのは、三上家だけでな。それで、来てみた」

「屋敷内に入る許しは得たのですか」

「勿論《もちろん》、そんなものはもらっちゃいねえ。高積は？」

「私も、勿論の口です」

「で、何か見付けたのか」

仏壇があったと思われるところに、花が供《そな》えられていたことと、それが十日程前らしいことを伝えた。

「済まねえ。上がらせてもらうぜ」松原に続いて、弐吉らも戸口に寄った。

「明かりは？」

「抜かりはござんせん」弐吉が袖口から蠟燭と火種を取り出した。

「奥の座敷です」松原に言った。「調べが終るまで、誰か来ないか見張っていましょうか」

「悪いな」

松原らが板廊下を奥へと消えた。

「滝与の旦那」寛助が家の中を見てから、背伸びするようにして、与兵衛の耳許《みみもと》で言った。

「花なんでやすが、どうして墓ではなく、ここに置いたんでやしょう？」

「いいところに気が付いた。墓にもあるかも知れねえ。調べなくてはな」

「墓の場所を、どうやって調べやしょう」

「隣で仏が出たら、どうする？」

「そりゃ、悔《く》やみに行きやすが」

「隣に訊きに行こうぜ。知っていさえすれば、墓参りをしたいと言われて、支配違いだとごねる奴もいねえだろう」

「そりゃそうでやすね」

寛助が新七を連れて、門を出た。

朝吉に、目立たぬように門柱の陰に隠れて通りを見張るように言い、与兵衛は米造と松原らを待った。

「誰が花を手向《たむ》けたんだ？　犬目とは思えねえし、犬目に殺しを頼んだ者か、それとも犬目とは関係のない別口か」戻るなり、松原が言った。

「この一件は、犬目ではないと思いますが」

「ならば、どうして滅多突きにしたんでやす？　それも顎から脳天に掛けてまで、ご丁寧に突きやがって」弐吉が、口から唾を飛ばしながら与兵衛に食って掛かった。

「一緒に殺された中間の顎の裏は、どうなっていた？」

「斬られていただけで、顎の裏には何も。ですが、あれは何か訳があって……」弐吉の舌鋒《ぜっぽう》が途端に鈍った。

「何かがあったとしても、途中で止める犬目だと思うか。あれは途中で止めたのではなく、吉村治兵衛の時は、滅多突きをしている間に、たまたま匕首が顎の裏に刺さってしまったのだ、と考えた方がいいんじゃねえのかな。南町も北町も、それで犬目だと思い込んでしまったんだ」

「それじゃ、いってえ誰なんです？　世話役を殺したのは」弐吉が訊いた。

「三上家に中間がいたという話は？」松原に訊いた。

「いたらしい、という話は聞いちゃあいるが。まさか、その中間が主人の敵討《かたき》ちをした、なんて言うんじゃねえだろうな？」

「その者が、三上家に居着いた経緯《いきさつ》をご存じですか」

「口入屋から来たとしか聞いちゃいねえが」

　与兵衛は、定十郎から聞いた話を繰り返した。

「半助の仕業と見れば、伊豆屋のお仲や自身番の者が見た男と姿が一致しますし、この屋敷に置かれた花も得心が行きます。私は、まず半助が張本だと思います」与兵衛が言った。

「分かった。半助を見付けたのは高積だ。お手並み拝見といこうじゃねえか」

「この件は、もう追わないのですか」

「そうよな、こっちはまだ犬目の線を捨て切れちゃいねえしな。もし半助って奴だったら、どんな面の奴か見に来てやるぜ。俺の勘だと、そいつは庭の片隅に、黙って凝《じ》っと座っているような奴だろうな」

「そうです。そんな感じのとっつあんでした」米造が急に声を上げた。

「お前、見たのか」松原が訊いた。

「酒まで飲みました。その時は、そいつが目当ての相手だとは分からなかったんでやすが」

「かなわねえな。どうやら負けたかも知れねえな」

　門前で話し声がした。声の一方は寛助だったが、相手が分からない。松原らを手で制して、聞き耳を立てた。

小野田様、と寛助が言っている。定十郎か。

「呼んで来い」

米造が行こうとした時に、寛助らと定十郎が裏に回って来た。

「いや、昨日は大変馳走になりました。礼を申します」

定十郎に、ここへ来た訳を訊いた。

「もしかしたらと思い、足を運びました。恐らく、許しも得ずに入り込んでいるのではないか、と思いましてな。誰ぞに見咎められた時、私がいれば、招き入れた、で済むのではないですかな」

定十郎の心遣いに、与兵衛は頭を下げた。

「あの時は、どうしても三上の家名を言えなかった。悪く思わんで下さい。手間を掛けさせた、その埋め合わせです」

定十郎に礼を言ってから、寛助に首尾を訊いた。

寛助は松原と弐吉らを見てから、よろしいんで、と目で問うた。

「二軒訊いたのでやすが、本所辺りだとしか分からねえんで」

「何が、だ？」定十郎が割り込んで来た。

「三上家の墓がどこにあるのか、が分からないのです。ご存じありませんか」

「存じておるとも。北本所荒井町《あらいちょう》の妙雲寺《みょううんじ》だ。墓参りに出向いたことがある」

「小野田殿、近いうちに玉子の巾着と酒を届けさせます」

「ありがたい。序《つい》でに、茸《きのこ》の巾着というのがあってな。もうそろそろ出頃なのだ」

「承知いたしました」

「来た甲斐《かい》があったというものだ。では、な」

定十郎は、両の手を袖に入れ、奴凧《やっこだこ》のような姿で表へと去って行った。

「あの御仁、我々を置いて帰ったのでは、来た意味がないであろうにの」それとも、と言って松原はにやりと笑い、巾着とやらを頼みに来たのかな。

多分、後の方だろう、と思ったが、与兵衛は口にしなかった。

「しかし、今見咎められたら、あの御仁はおらぬし、困ったことになる。我々も引き上げるとするか」

「そうですな」

「本所か。遠いな。雲行きも怪しいし、行くのか」

西の空を黒い雲が覆《おお》い始めていた。

「明日に回した方が無難でしょうね」

「なあ、高積」と松原が、空を見上げながら言った。「計らずも今回、俺とお前さんは同じ殺しを追っている」

「はい」

「俺は腕の悪い定廻りじゃねえ。いいや、腕はよい方だ」

「存じております」

「なのに、だ。俺はいつも後手《ごて》に回っている。これは、どういう訳だ？」

「いえ、そのように言われましても……」

「弐吉」と突然、松原が言った。「俺といてもしょうがねえ。高積に預けるから、付いていろ。もしかすると、犬目と出会《でくわ》すかも知れねえぞ」

「旦那。冗談は犬目を捕えてからにして下さいやし」弐吉が眉間《みけん》に皺《しわ》を寄せながら答えた。

「分かった、分かった。高積、犬目は俺たちが挙げるからな。覚悟しておいてくれ」

与兵衛の額を、雨がぽつりと打った。

「いけねえ。本降りになる前に自身番で傘を借りようぜ。ではな」松原が弐吉らを振り捨てる勢いで駆け出した。

板戸を閉め、与兵衛らも自身番へと急いだ。

二

同十八日。昼八ッ（午後二時）。

奉行所に帰り着いた与兵衛は、その足で与力詰所を訪ねた。年番方に出向く前に、頭越しにならぬよう五十貝五十八郎に筋を通そうと思ったのだ。

牢屋見廻りと風烈《ふうれつ》見廻りの与力が文書を書き写していた。ふたりは手にしていた筆を止めると、与兵衛を見た。五十貝が奉行所内にいるか否《いな》かを訪ねた。牢屋見廻りが口を開いた。

「この刻限にいるはずがなかろう。其の方の尻拭いで駆け回っておるわ」

程々にせいよ、と風烈廻りが後を受けた。

「百まなこの件は見事だったが、あれがために少し図に乗っているのではないか。己のことばかり考えず、周りの者にも気を配らんと浮いてしまうぞ」

「申し訳ございません。肝《きも》に銘《めい》じます」

与力と同心では身分が違う。逆らっても無駄だった。

「分かったら、行け。仕事の邪魔だ」

与兵衛は一礼して詰所を離れ、年番方の詰所へ向かった。廊下を折れたところに、例繰方同心の椿山芳太郎が立っていた。

「私も、あの詰所に行こうとしていたので、聞いてしまいました」椿山は片手を上げて詫《わ》びると、気にしないことです、と言って、小声になった。「あのふたり、何か書き写していたでしょう」

「そう言えば……」

「こちらに出していただく文書ひとつ、ろくに書けない方々なのです。私が誤りを指摘したのですが、少しねちねちと嫌味を言ってしまいました。腹いせに滝村さんに当ったのでしょう。済みませんでした」

「そうだったのですか。わざわざ声を掛けて下さり、お礼を言います」

「それにしても、あのような方々でも、与力の家に生まれれば与力になれる。こういった在り方は、どうも釈然としませんな」

「椿山さんは、意外と過激な方なのですね」

「私、笑い上戸なのですが、心はささくれています。そのことをお含み置きいただくと、今後の対応が楽に行くか、と思います。では」

生真面目に頭を下げると、椿山は与力詰所へと歩いて行った。詰所の前に膝を突

き、低頭すると、

「例繰方の椿山でございます。お進み具合はいかがでございましょうか」

中に声を掛けた。返事を受けたのだろう、腰を折り、敷居を踏まないようにして詰所に入って行った。

与兵衛は椿山に軽く一礼をしてから、与力詰所に背を向け、廊下を奥へと進んだ。

年番方与力の詰所を覗くと、大熊正右衛門が難しそうな顔をして、帳簿を睨《にら》んでいた。

年番方与力は町奉行所与力の最高位であり、これ以上の地位はない。そのため仕事は、死罪や遠島《えんとう》などの付加刑として没収した家財などの管理から、同心の任免まで多岐にわたっていた。

「高積見廻りの滝村でございますが、よろしいでしょうか」

椿山と同じように、膝を突き低頭している己に気付いたが、心に去来するものはなかった。与兵衛はそろりと詰所に足を踏み入れた。

「調べの進み具合でございますが」

与兵衛は、調べを引き継いでからのことを、目付の梶山と会ったことも含めて詳しく話した。

「梶山様から、昔、儂《わし》と組んで捕物をしたという話が出たのか」

「はい」

「そうか。あの時は、徒衆《かち》のひとりが町屋の者を殺してな。今より更に支配違いの壁は厚かった。それはもう、苦労したものだ」

大熊はふと遠くを見るような目をしていたが、思いを改めたのか、それで、と言った。

「此度《こたび》の一件は、犬目の仕業ではなさそうだ、と滝村は思うのだな」

「はい。半助を捕えてみなければ分かりませんが、恐らくは、違うかと」

「その一方で、犬目の年は四十から六十程で、裏店《うらだな》に住む出職の者ではないか、と見なした訳だ」

「それも、まだ何とも言えませんが」

「これまでのお調書を見ただけで、そう読み解いたのか」ふう、と息を吐き、瀬島に話したか、と大熊が訊いた。

「はい」

「何と言っておった？」

「必ず捕えてくれ、と仰しゃいました」

「その他には？」

　瀬島が、隠居をにおわせたとは、口に出来ない。

「これと言っては……」

「あの男が、それだけということはあるまい。が、それが実《まこと》だとすると、もしかしたら、今年の暮れには、これで身を退くと申し出て来るかも知れぬな」

「そのようなことは……」

「其の方の顔に書いてあるぞ。見抜かれたか、と」

「…………」

「定廻りになるにはな、空惚《そらとぼ》ける術《すべ》も身に付けぬとな」

「御支配には敵いません」

「儂も、読みやすいと言われてから、気を付けるようになったのだ。そうぬけぬけと言うたのは、今話に出た御目付の梶山様だ」

なあに、と大熊が笑いながら言った。

「悪いのと面突き合わせていると、自然と身に付くものだ。案ずるな」

定廻りになることを前提とした言葉に思われた。

「そのことなのですが、お願いが」

「其の方のお母上からも話があった」

大熊はゆるりと腕を組むと、つい最近もいらしたな、と言った。

「《向月堂《こうげつどう》》の《栄乙女《さかえおとめ》》を土産に訪ねて来られてな。奥に、其の方の亡き父上が務めていた町火消人足改になれるよう力添えを頼む、と繰り返して言われたそうだ」

向月堂は伊勢町の菓子舗で、栄乙女は薄桃色の餅で餡《あん》を包んだ銘菓であった。豪は栄乙女を、ここ一番の取って置きの菓子として使っていた。

「このこと、聞いておったか」

「いいえ。何かにつけて、お頼みに行くと申しますので、お役目は世襲ではなく、その者の人《にん》に合わせて選ばれるもの、と説いたこともあるのですが」

「聞く耳をお持ちにならぬか」

「申し訳ございません」

「それ程に跡を継いでもらいたいのだな。其の方が定廻りになるのは、そう遠い先のことではない。その折には、儂が母上を説得するゆえ、心置きなく此度の一件の探索に励んでくれ」

「お手数をお掛けしますが、何分よしなに……」

その時、与兵衛の声を遮るように、廊下の向こうからせわしない足音が近付いて来た。

「失礼いたします」玄関に詰めている当番方の同心だった。声に張り詰めたものがある。

「何があった?」

「殺しでございます」

「場所は?」

「湯島天神の南西《ひつじさる》。中坂を南に折れた辺りで、殺されたのは御小普請世話役とのことでございます」

大熊の咽喉《のど》が、ぐぐっと鳴った。

「滅多突き、ですか」与兵衛が当番方に訊いた。

「そこまでは、まだ」

「知らせに来たのは?」与兵衛が続けて訊いた。

「男坂下同朋町の自身番の者で、初太郎《はったろう》なる者でございます」

「して、その者は」

「玄関に待たせております」

「訊いて参ります」

与兵衛は玄関に急ぎ、初太郎に滅多突きであったか否か、を尋ねた。

「詳しくは見ておりませんが、血達磨《だるま》になっておられたようですから、そうかも知れません」

「分かった。直ぐに戻るゆえ、案内を頼む」

「承知いたしましてございます」

与兵衛は大熊に知らせてから、初太郎を先頭に、寛助らと湯島天神目指して急行することにした。

雨は、まだ降り止まない。裾《すそ》を絡《から》げ、菅《すげ》の一文字笠を引っ摑《つか》むと、大門を走り出た。目付に先を越されると、死骸《しがい》を見ることすら適わなくなるかも知れない。初太郎を急き立てた。

「もっと急げ」

「もう、これ以上は……」

初太郎の足が縺《もつ》れそうになっている。振り向いた。寛助も息が上がっているようだ。

「仕方ねえ。寛助、初太郎を連れて後から来てくれ。俺たちは先に行く」

「案内はいらないので？」初太郎が、嬉しそうな顔をして訊いた。

「人死にが出たんだ。騒ぎになっているだろうよ」

「それはもう」

「もうもう言ってると、牛になるぞ」

新七が先に立ち、与兵衛と米造が後ろから飛沫《しぶき》を上げて駆け去って行く。三人の姿は見る間に小さくなっていった。

「速いですね」初太郎が、笠の下に流れる汗を拭いながら、寛助に言った。

「俺がおめえさんくらいん時は、あんなもんじゃなかったぜ」

右手を横に振り、「ぴゅ、よ」と言った。「顔にぶち当る風で、頭がくらっと来たもんだぜ」

「親分さん」と初太郎が言った。「もう少し速く走らないと、八丁堀の旦那に叱られますですよ」

「おめえなんかに、言われたかねえ。若《わけ》えのに、顎出す奴によ」

「押しましょうか、後ろから」

「そんなみっともねえことしてみろ。絞め殺すぞ」

寛助が怒鳴っている二十間（約三十六メートル）程先を、松原と汐留の弐吉らが走っていた。湯島天神の方角である。

「おい、北町《きた》にも知らせたのか」

「はい。常日頃松原様から、殺しがあったら月番・非番に関係なく知らせろ、ときつく言われておりますので、別の者が北町に走りました」

「そうと来りゃあ、たらたらしちゃいられねえぞ」

俄《にわか》に寛助の足が速くなった。

初太郎が悲鳴を上げそうになった。

三

滝村与兵衛らが、明神下を駆けていると、町の辻々から傘をさした町屋の者たちが、口々に、あちらでございます、と指をさして走る方角を教えてくれた。

「おう、ありがとよ」手で応えている間に、御小普請世話役が死骸となって見付かった場所に辿り着いた。

しかし、既に仏は運び去られた後だった。

通りを七間（約十三メートル）程向こうに行ったところに、お店者がふたり立っていた。八丁堀の到着を待っていたのか、与兵衛らを見詰めている。

「呼んで来てくれ」

新七がふたりを連れて来た。ひとりは同朋町にある自身番の月番の大家で、もうひとりは同じ町内の小間物屋の手代《てだい》だった。仏を見付けたのは、その手代だった。

「九ッ半（午後一時）を過ぎた頃でございます。雨が強くなったので急いで帰ろうとして、倒れているお武家様とお供の方に気付いたのです」

与兵衛らが奉行所に帰り着いた頃だった。誰か、逃げて行く者とか、見なかったか。

「私の他には、人通りはまったくございませんでした」

死骸は誰がどこに運んだ。見ていたか。

「勿論でございます」大家は言いながら、三歩程前に出ると、土塀の上に海棠《かいどう》の木が覗いている屋敷を指さした。

「あのお屋敷に運ばれました」

「誰の屋敷だ？」

「殺された世話役の兼子又五郎《かねこまたごろう》様のお屋敷でございます」

「運んだのは？」

「御目付様だという話ですが、私共にはそこまでは」

「助かったぜ。それじゃ、お前さんたちは俺が着くのをわざわざ待っていてくれたのかい」

「御番所にお知らせした責任《せき》もございます。当然のことをしたまででございます」

「ありがとよ。改めて礼に寄る。ではな」

米造と新七に付いて来るように言った。

「あの、どちらへ」大家が訊いた。

「世話役の屋敷だが」

「あの、大分殺気立っておられました。ここは、近付かれない方がよろしいのでは」

支配違いで様々な揉《も》め事が起ることを、よく知っているという口振りだった。

「心配するな。身分はあっちが上だが、お調べに関しちゃあ、こっちが先を行っているんだ。徒《あだ》や疎《おろそ》かには出来ねえよ」

「左様でございますか」

大家と手代は、得心のゆかぬ顔をしていた。

ふたりを残し、世話役の屋敷を訪ねた。門の陰に、吉村治兵衛の屋敷にいたふたりの黒羽織が立っていた。

「また其の方か。帰れ」

「帰りますが、その前に兼子様のご遺体を一目見せていただけないでしょうか」

「ならぬ」

「梶山様がおいでと聞き及びます。お伺いいただきたいのですが」

「其の方らの出る幕ではない。分からぬか」

「見れば、誰の仕業か分かるのです」与兵衛が大声を発した。「お取り次ぎ願いたい」

「うるさい。聞こえておるわ」黒羽織が、負けじと怒鳴り返した。与兵衛は、臆《おく》することなく、言葉を続けた。

「吉村様のお亡骸《なきがら》をご覧になられたでしょう。滅多突きでした。恐らく此度も傷は多いと思いますが、前ほど多くはない。三箇所ですか、四箇所ですか。違いますか」

黒羽織は軽く息を呑み、次いで隣の男と目を見合わせた。

「……四箇所だが。どうしてそれを?」

「やはり。中間は、三箇所ですか」

「そうだ」黒羽織は、待っていろ、と言い残し、屋敷の玄関口に消えた。

待っている間に松原と弐吉らが現れ、寛助と初太郎も追い付いた。

「何をしているのだ?」松原が訊いた。

「亡骸を見せてくれるように頼んでいるのです」

松原は、ひょいと残っている黒羽織を見てから、見せてもらえそうか、と声を潜《ひそ》めた。

「多分」

「俺も混ぜてもらえるだろうか」

「頼んでみましょう」

言ってから、通りを見た。まだ大家と手代が立っている。

「あれが、仏を見付けた者です。話を訊いた方がよいかも知れませんよ」

「訊いておいてくれ」松原が弐吉に言った。弐吉が走って行った。

黒羽織が玄関口から現れ、与兵衛に頷いて見せた。

「お許しが出たようです。参りましょう」

「駄目だ」黒羽織が松原に言った。「其の方は、ここで待て」

松原が留《とど》められた。口を尖《とが》らせている。

「ひとりだけだ」黒羽織が追い打ちを掛けた。

「仕方ねえ」松原が引いた。「頼んだぜ」

玄関で汚れた足袋を脱ぎ、足を濯《すす》ぎ、絡げていた裾を下ろした。

家人に刀を預け、導かれるまま奥に向かった。

亡骸は布団に北枕で寝かされ、枕許には逆さ屛風《びょうぶ》が立てられていた。兼子又五郎の妻女らの姿はなく、梶山と寺平が傍らに座っていた。与兵衛は、ふたりに一礼してから、亡骸に向かって掌《てのひら》を合わせた。

「傷の数を言い当てたそうだな？」梶山が言った。

「はい」

「と言うことは、誰の仕業か判明した、という訳か」

「検屍《けんし》をさせていただければ、より確かなことが申せましょう」

「帯を解くことは認めぬ」

「では、傷をどこに受けているか、その場所をお教え願います」

「それは構わぬ」

「少々お待ち下さい」

与兵衛は懐紙を取り出すと、仰向けと俯《うつぶ》せの身体を描き、傷のあった箇所を聞いて描き入れた。

腹に二箇所、胸に二箇所の計四箇所だった。

「咽喉《のど》許を拝見してもよろしいでしょうか」

「何もなかったぞ」

胸許に頰を寄せ、覗き込むようにして調べた。傷口はなかった。

「供をしていた中間も殺されておりますね。亡骸は？」

「別室に安置してあるが」

「やはり、咽喉許には傷を受けていなかったのですね？」

「そうだ」

「帰りに、念のため拝見させていただきたいのですが」

「承知した」梶山は答えると、それで、と言った。「誰の仕業なのだ？　犬目とか申しておったが、其奴か？」

「いいえ。兼子様のお亡骸を拝見してはっきりいたしました。犬目ではございません」

「……聞こう」

与兵衛は居住まいを正し、話し始めた。

「吉村様の時には、七箇所に及ぶ刺し傷の他、止《とど》めと思える顎裏から脳天へ突き抜ける傷がございました。巻き添えを食ったと思われる中間の傷は四箇所で、咽喉許にあったのは、突いたものではなく、斬り付けたものでした。犬目には殺しの作法のようなものがございまして、六、七箇所突いた後、必ず顎裏から一突きします。相手が生き返らぬように、念を押すのでしょう。吉村様の傷だけを見ると、犬目の仕業のように思えます。これまで犬目の仕業と思われた死骸と共通するからです。ところが、中間の傷の付き方がおかしい。犬目がし損じたとは考えにくいですし、傷の数も犬目にしては少ないのです」

「兼子にも、兼子の供にも咽喉に傷がなかったゆえ、犬目ではないと申すのだな。では、誰がやったのだ？」

与兵衛は、ひとつ咳払《せきばら》いをくれると、言った。

「……小普請組九の組に、三上兵七郎という御方がおられました」

「去年の暮れに亡くなったそうだな」梶山が答えた。

「お調べになられたので？」

「世話役に恨みを抱いていた者として、名が上がっておったのだ」

「では、今年になり急養子も断り、すべての始末を終え、ご妻女が後を追われたこともご存じでございますね」

「うむ」

「その三上家に中間がおりましたことは？」

「はて、そのような話は知らぬぞ。第一、雇う余裕があったとは到底思えぬが」

梶山は呟《つぶや》くように言った。

与兵衛は、中間の半助が三上家に留まった経緯を、三上家の不幸や世話役から受けた恥辱《ちじょく》などを織り交ぜて話した。

「そうであったか……。ご公儀でも、三日勤めだとか、朝番・夕番・不寝番と分けての交替勤めなど、少しでも多くの者をお役に就けてやろうと知恵を絞っておられるのだが、何分にも限りがあるでな」

「恐らく、その半助なる者が、主らの無念を晴らそうと、凶刃《きょうじん》を振るったのではないか、と見ております」

「解《げ》せぬのは、吉村が八箇所も傷を負っておったのに、兼子は何ゆえ半分の四箇所なのか、ということだ。恨みの差であろうか」

「慣れ、かと存じます。吉村様の時は夢中でやったのが、兼子様の時には少し落ち着いていたのではないか、と思われます」

「吉村と兼子の剣の腕はどうなのだ？」梶山が寺平に尋ねた。

「それは聞いておりません。誰ぞに調べさせましょうか」

「いや。その必要はなかろう。この太平の世の中で、まともに剣の稽古をしている者など、まことに少ない」

梶山は小さく首を横に振ると、半助だが、その者で間違いないか、と訊いた。

「十中八九は」

「居所は摑めておるのか」

「申し訳ございません。今のところは、まだ」

「見付かるか」

「江戸の町は猫道まで存じておりますので」

「頼もしいの。町屋では、我らの手には負えぬ。任せるしかあるまい」

「出過ぎたことかも知れませせぬが、ひとつ、御徒目付の皆様にお願いしてもよろしゅうございましょうか」

「何をだ?」

「これで御世話役のうち、おふたりが殺されました。御世話役は三人いらっしゃるはず。殺しの張本を捕えるまで、残るおひとりの御身を守っていただきたいのでございます」

「そのことは、我らに任せておくがよい。他にもあらば、遠慮のう申せ」

「それではもうひとつ。寺平様をお貸し下さい」

「なぜだ。訳を申せ」

「三上家の明屋敷に立ち入らせていただきたいのですが、直ちにお許しがいただけるとも思えませぬ。それゆえ、一緒にいらしてもらえたら、と思いまして」

「屋敷の内を見て何とする？　何もないぞ」

「……花がございました」

仏壇があったと思われるところに、花が手向けられていたことを伝えた。

「既に入ったのではないか」

「申し訳ございません」

「まあ、よい。で、いつのことだ、それは？」

「今日の昼でございます」

「また行くのか」

「新しい花が置かれていましたら、間違いなく半助である、という確信が持てます」

「明屋敷は、こちらの支配の外だ。だが、見咎められた時は、町方よりは遥《はる》かに言い訳はしやすい。連れて行くがよい」

「助かります」

「もう、ないな」

「中間の亡骸を見せていただくだけです」

「分かった。見せてやれ。それからな」と寺平に言った。「ここでの話を、表の者に教えてやるがよいぞ。彼奴《あやつ》ら、まだ何も見えておらぬからな」

「承知仕《つかまつ》りました。では、滝村殿」

寺平の後に続いて玄関に回り、外へ出た。いつの間にか、雨が上がっていた。黒羽織のひとりが来た。

「中間の亡骸を見たい、とのことだ」

「御目付のお許しは」

「得ておる」

裏に回ると、中間の住まう小屋があった。開け放たれた戸から足を踏み入れた。薄縁《うすべり》の上に、筵を掛けられた中間の亡骸があった。

「拝見します」

掌を合わせてから、筵を取り、傷口を調べた。その間に寺平が、黒羽織に座敷で交わされた話を伝えている。与兵衛はその間、死骸を丹念に検分した。

「それゆえ、滝村殿を三上の屋敷へ連れて行く。後のことは、御目付のご指示に従い、遺漏《いろう》のないようにな」

「はっ」

与兵衛を見る黒羽織の目には、門で会った時とは明らかに違う光が宿っていた。

寺平彦四郎が、後ろを振り返りながら与兵衛に訊いた。

「よいのか、あの者は北町なのであろう？」

与兵衛ら一行の後から、松原と弐吉らが付いて来る。

「悪い奴を取っ捕まえるのに、北町も南町もございません」

「それは、そうかも知れぬが……」寺平が再び振り返った。

本郷三丁目を通り越し、御弓町に入った。

小野田定十郎の屋敷の前を過ぎた。欅《けやき》の大木も見えている。間もなくだった。

与兵衛は松原に、花に触りましたか、と訊いた。

「ああ。だが、あった時と寸分違わぬように戻しておいたぞ」

「安堵いたしました」

「高積、俺を藤四郎《とうしろう》扱いするのは、十年早《はえ》えぞ」

「そのようなつもりで申し上げたのではございません。言葉が足りませんでした」

「分かっている。単に突っ掛かってみたかっただけだ。この気持ち、分かるな？」

「……はあ」

寺平が、与兵衛と松原を交互に見てから、着いたぞ、と言った。

三上家の明屋敷の門柱が目の前にあった。

寛助が米造を連れて先に裏へ回り、板戸の敷居を調べている。ございやせん。寛助が首を横に振った。こじ開ける者がいれば分かるように、と板戸と敷居の隙間に小さな枝を嚙ませておいたのだ。

「半助でしょうか」新七が訊いた。

「他には考えられねえだろうが」寛助は米造と新七に、万々が一にも中から逃げ出す奴がいねえとも限らねえから、と二手に分かれて見張るように言い付けた。

「手伝ってやれ」弐吉がふたりの子分に言った。ふたりが、米造と新七に付いて走り去った。

「開けやすぜ」寛助が板戸を外した。

弐吉が、寛助と己の蠟燭に火を灯した。ふたりが先に屋敷に上がり、足許を照らした。与兵衛らは明かりの中を奥へと進んだ。人の気配はしなかった。

奥の座敷に入ると、蠟燭の灯りの中に、白い小菊の束が浮かび上がった。先に供えられていた萎れた花は持ち去られたのか、どこにもなかった。

「滝与の旦那」寛助の蠟燭の炎が揺れた。

「来たようだな」

与兵衛は屈み込むと、花弁と葉に触れた。剪《き》られたばかりなのだろう、瑞々《みずみず》しい花だった。

殺した足で、ここに来たのだ。

とすると、与兵衛らがここを去ってから、間もなくのことだ。

「これで、暫《しばら》くはここには来ねえか」松原が言った。

「でしょうね」与兵衛は松原に答えてから、寺平に言った。「梶山様にお伝え下さい。張本は半助で間違いない、と」

「相分かった」寺平は頷くと、しかし、と言って与兵衛を見た。「町方の鼻はすごいものだな。ここだけの話だが、見直したぞ。これまでの無礼、許してくれ」

「そのように仰しゃることの出来る寺平様こそ、さすがのご器量でございます」

「世辞を言うな、こそばゆい。ではな、御目付にお知らせせねばならぬゆえ、先に失礼する」

寺平は、外からの仄《ほの》明かりを頼りに戸口に向かうと、戸口から黒い塊《かたまり》となって立ち去った。

「いいとこあるじゃねえですか」寛助が言った。

「それよりも、どうやって半助を捜すか、だな」

「一緒に飲んでいた中間の安次郎。あいつを締め上げやすか」

「半助は、生きて捕えられれば、獄門《ごくもん》だ。安次郎を道連れには出来ねえだろ。恐らく、何も話しちゃいねえだろうよ。違う方法を考えた方がよさそうだな」

松原が口を挟んだ。

「高積、そっちは任せるぜ。悪いが、俺たちは犬目を追うんでな。そうだな、弐吉」

「へい」弐吉は勢いよく応えると、

「滝村の旦那」と与兵衛に言った。「口幅《くちはば》ったいことを申し上げやすが、犬目だけは譲《ゆず》れませんぜ」

第五章　墓標

一

八月十九日。

滝村与兵衛は、中間の朝吉と御用聞きの寛助らを供に、両国《りょうごく》橋を渡っていた。行き先は、北本所荒井町の妙雲寺。臨済《りんざい》宗は京都妙心寺《みょうしんじ》派の末寺であり、そこに三上家の墓があった。

回向院《えこういん》の門前町を通って東に下り、一ッ目通りで北に折れ、そのまま真っ直ぐに進んだ。大川沿いではなく、堅川《たてかわ》沿いの道を選んだのは、高積見廻りとしての役目を少しでも手伝うためだった。

妙雲寺へは迷わずに行き着いたが、境内《けいだい》が思いの外広かった。六百坪はありそうだ。

すかさず米造が庫裡《くり》へと走り、三上家の墓所の在り処《ありか》を聞いて来た。

「こちらでございやす」
一、二、三とある道しるべの、二の小道に入り、五の辻で右に折れ、四つ目の脇道に入ったところに、古い墓標を中にして、新しい木の墓標が左右にぽつんとひとつずつ立っていた。三上家の墓だった。
新しい墓標には、三上兵七郎と郁の名が、それぞれ記されていた。兵七郎が亡くなったのは、昨年の晦日《みそか》間近の二十九日。郁の方は、今年の二月。命日は、同じ二十九日である。夫の月命日を選んで自害したのだ。

真ん中の風雨に晒《さら》された古い墓標を見た。三歳で夭折《ようせつ》した嫡男《ちゃくなん》の墓標である。裏に回り、命日の日付を読んだ。享和《きょうわ》元年（一八〇二）三月……。墨が消え掛けており、それ以上はうまく読めない。頭の文字は、二、か。

目を細め、何とか読もうとしているところに、寛助の声がした。

「滝与の旦那」花を指さしている。

寛助に言われるまでもなく、墓標に供えられた真新しい白い小菊は目に入っていた。明屋敷にあったのと同じだ。半助は、昨日ここにも来ていたのだ。

命日を読み取るのを諦め、腰を伸ばした。

「ご丁寧に、両方に供えるたぁ、どういう料簡《りょうけん》なんでしょうね」米造が訊いた。

「魂がどこにあろうと分かるように、墓と屋敷に供えたんだろうよ」

「そういうことで……」米造の声が掠《かす》れた。主と、その妻女を思う半助の心根を感じ取ったのだろう。

「残るひとりも、殺《や》るつもりでいるんでやすかね」寛助だった。

「ふたり殺ったんだ。もうひとり、と考えるかも知れねえな」

「半助でやすが」寛助は立ち上がると、拳《こぶし》で腰を叩きながら言った。「口入屋の斡旋《あっせん》で三上家に入ったんでやすから、ここはやはり、口入屋を調べてみてはいかがでしょうか」

「回状か……」

「へい。引っ掛かってくれれば、めっけもんって奴で」

「そうしよう」だが、どうせだ、と与兵衛が言った。「奉行所の回状よりも早いのに頼もうじゃねえか」

「あそこ、で？」寛助が、西の空を見上げて訊いた。

「他にあるかよ」

浅草花川戸町《はなかわどちょう》の口入屋《川口屋《かわぐち》》のことである。主の承右衛門《しょうえもん》は、一帯の香具師《やし》の元締をしており、至って評判のよくない男だったが、稼業柄江戸の闇には通暁《つうぎょう》していた。

「ものは序《つい》でだ。犬目のことも訊いてみるか」

与兵衛らは寺を後にし、吾妻橋《あずまばし》を渡った。

川口屋の店先に水を打っていた若い衆が、与兵衛の姿を見て、店に飛び込んだ。

「慌てていやすね」

「元締がいるんだろうよ。お蔭で、山谷橋《さんや》を渡らずに済むぜ」

承右衛門は、山谷橋を渡った新鳥越町《しんとりごえちょう》一丁目に、弓《ゆみ》という名の色の白い女を囲っていた。

暖簾《のれん》を跳ね上げ、店に入った。

番頭の右吉《うきち》が現れ、元締に用か、と小声で尋ねた。頷くと、奥に通じている路地を進むように、と言った。

中暖簾の内側に目端《めはし》の利きそうな若い衆が待ち受けていた。

「恐れ入りますが、親分さん方はここで」

「待ってろってか」

「相済みませんが、そのように言付かっておりますもので」

「お前さん、見掛けねえ顔だが、名は？」与兵衛が訊いた。

「へい。万平《まんぺい》と申します」

「奥へ案内してもらおうか」

　突き当りまで行き、板廊下に上がった。万平の後ろから見世の裏を横切り、奥へと向かった。途中から右吉が背後に付いた。

「これはこれは、滝村様」奥座敷の上座に座っていた承右衛門が、わざとらしく座布団を裏返し、下座に移りながら言った。「何か、急な御用でしょうか」

「ちいとな、訊きたいことがあってな」

「私の存じていることだと、よろしいのですが」ゆったりとした笑みを浮かべて、承右衛門が言った。

「殺しの請け人に、犬目というのがいるそうなのだが、知っているか」

「名前だけは」承右衛門の目から笑いが消えた。

「何だ、名前だけか」

「犬目は殺しの請け人でございます。百まなこの時にもお答えいたしましたが、私どもは請け人には用がございませんので」

「そうか……」

「もしかしたら、犬目を私が使ったか、とかお聞きになりたいのではないでしょうね」

「そうなのか」

「旦那は、どこまでが本気なのか惚《とぼ》けていらっしゃるのか分からないから、始末が悪い」

「いや、本当に何も知らぬのだ。百まなこの一件があるために、正体の分からぬ者の探索は俺に回って来ちまうんだ。それでな、他に訊く者がいないので、元締んところへ訊きに来た、という訳なのだ」

「私が知っていたら、正直にお答えするとお思いになられたのでございますか」

「うむ……」答えに窮《きゅう》し、与兵衛が唸《うな》っていると、

「旦那」と承右衛門が、与兵衛の顔を覗き込むようにして言った。「ひょっとして、旦那は私を善人とお思いなんでは？」

「まさか」

「そいつはようございました。旦那はてっきり勘違いをなさっておいでなのか、と思

いました」

「そんなことがあるはずなかろう。逆らう者は簀巻《すま》きにして大川に流すって噂は、そこらの餓鬼《がき》でも知ってるぜ」

「それはちょいと大袈裟《おおげさ》ですがね。ともあれ、そんな噂のある私のところへ、わざわざお尋ねに来られるとは、いや、滝村様は随分と変った御方でございますな」

承右衛門は、斜め後ろに控えている右吉を振り返って言った。

「《浜田屋《はまだ》》が、犬目を使ったという話は？」

芝大門《しばだいもん》前の料理茶屋浜田屋の主・宗兵衛《そうべえ》は、芝高輪《たかなわ》一帯の香具師の元締で、裏の稼業で殺しを請け負っていると、もっぱらの評判だった。

「さあ、聞いたことがございませんが」

「何でもいい。繫がりに心当りはないか？」与兵衛が尋ねた。

「犬目はきっちりとした仕事をする、と聞き及んでおります。そのためには、依頼人にすら、手の内を明かさず、てめえの思惑《おもわく》だけで動くそうです。浜田屋は一から十まで知りたがる性質《たち》。多分、犬目とは反《そ》りが合わないでしょう」

「そうか。では、誰が使うんだ？」

「江戸には元締と名の付く者は、縄張りの大小はありますが、およそ十数名おります。取り分け大きいところは浜田屋と私ですが、夜鷹《よたか》ならば本所吉田町《よしだちょう》、四谷鮫《さめ》ヶ橋《はし》の元締、掏摸《すり》ならば何とやらの元締とおりますので、そのようなのが便利に使うのではないでしょうか」

「そうか……」

「犬目が何かしたのですか」

「殺しがあったのだ。この際だ、話しちまうと、小普請組のな……」

世話役が殺されたことを概略だけ話した。

「滅多突き、だったのでございますね？」

「そりゃあ、ひでえもんだった。俺が睨《にら》んだところでは、最初に腹を抉《えぐ》り、次に……」

顎の裏の傷には触れなかった。承右衛門が犬目の癖《くせ》を知っていれば、問うて来るかも知れない、と思ってのことだったが、承右衛門の口からは、顎裏という言葉は出なかった。

「勘でいい。駆け引きを止め、訊いた。

「この殺しは、犬目か」

「においますが、違う、と見ました」

「どうしてだ？」

「犬目なら、どしゃ降りだろうが何だろうが、ひとに見られるような場所や時は選ばないでしょう。明るいうちに殺《や》るなら、人気のない野っ原か、家の中でございますよ」

犬目の仕業と目されている事件の場所と刻限を思い浮かべた。

「成程、そうか……」

承右衛門が、凝《じ》っと与兵衛を見据えたまま頷いた。

「流石《さすが》に元締ともなると、関わりがあろうとなかろうと、よく知っているな」

「関わりはございませんので、その点、念を押させていただきます」

「信じよう」

「ありがとう存じます」

承右衛門が、下げた頭を起した。穏やかな笑みが湛《たた》えられていた。そこで、急に思い出したように、承右衛門は改めて口を開いた。

「今日お出《い》でになったのは、そのことで?」

「いけねえ」与兵衛は膝を叩いた。「肝心なことを忘れていた。口入屋に回状を回したいのだが、骨を折ってくれるか」

「おやすいことでございます。で、何をお調べに?」

「半助という中間のことを調べてもらいたいのだ。年の頃は、六十四、五。この二月か三月までは小普請組の三上兵七郎の屋敷にいた……」

二月から今までの間に、半助を世話した者がいるか。いたら、どこに世話したか。住まいはどこか。また、三上家に雇われたのが十二年前になる。それ以前の雇い主か住まいが分かるか。与兵衛は手早く懐紙に書き付けると、承右衛門に渡した。

「拝見いたします」

承右衛門はさっと目を通し、右吉に回しながら言った。

「このようなことでしたら、回状を回す手間は要《い》りません。私どもでお調べいたしましょう」

「済まぬ」

「私どもはひとを世話する時、奉公先にその者の人品を請け合う旨認《したた》めた請状《うけじょう》を出しております。勿論、写しを取り、少なくとも向こう十年は始末せぬように、と心掛けておりますが、十二年となりますと、私どもの写しが残っているか確かではございません。後はもう、口を利いたお店の裁量任せとなりますので、必ずとは言えなくなります。そこのところを、ひとつご承知おき下さいませ」

与兵衛に否《いな》やはなかった。頼む。頭を下げたところで、用は済んだ。

待っていた寛助らを引き連れ、路地から抜け裏に出た。承右衛門と右吉が、わざわざ見送りに付いて来る。

抜け裏の出口に、看板書きがいた。川口屋の柱行灯《あんどん》の張り替えをしているらしい。

「ご苦労さん」承右衛門が看板書きに声を掛けた。「いつもいい字を書くねえ」右吉に言った。「手間賃を弾んでやりなさいよ」

「ありがとうございます」看板書きが、手を止め、被《かむ》っていた手拭を取った。皺《しわ》が抉《えぐ》れたように深く、髪の半ばは白い。年の頃は、寛助とおっつかっつというところか。

「根を詰めないで、少しは休むといいよ」

「へい」項《うなじ》が見える程、腰を折り、看板書きが礼の言葉を口にした。

「元締。この辺で」抜け裏の出口で与兵衛が言った。「頼みごとをしているのは、こっちなんだから」

「左様でございますか」承右衛門が立ち止まった。

「分かり次第、ご連絡いたします」右吉が与兵衛に言った。

与兵衛らの姿が遠退いて行く。

寛助が振り向き、軽く会釈《えしやく》をした。右吉が返した。

往来のひとの流れが、与兵衛らの姿を見え隠れさせている。

「驚いたね」と承右衛門が、看板書きの姿を目で追いながら言った。看板書きは、硯《すずり》を洗った水を捨てに、川口屋の裏に向かっている。

「あの同心、何か掴んでいるのでしょうか」右吉が尋ねた。

「いいや、そこまでの芝居は出来ないね。腹で思った通りのことを話しているのだろうよ。ただ怖いのは、百まなこの時、会ったこともない私のところへいきなり来たように、怖いもの知らずだってことだ。それに、恐ろしく勘がいい」

「このまま放っておいても、よろしいのでしょうか」

「心配は要《い》らないよ。いざとなったら、始末すればいい。それまでは、うまいことあしらっておけばいいさね」

承右衛門は、くっくっと咽喉《のど》で笑うと、裏から戻って来た看板書きに、ここが終ったら、と言った。

「もう一箇所書いてもらいたいところがあるから、右吉に声を掛けておくれ」

「へい。承知いたしました」

承右衛門は鷹揚《おうよう》に頷くと、抜け裏を引き返して行った。

二

看板書きの仕事を終え、手間賃をもらい、深川堀川町《ほりかわちょう》の長屋に戻る。甲吉《こうきち》は独《ひと》り身であった。人気《ひとけ》のない借店《かりだな》に戻ることには慣れていた。長屋の木戸門を潜《くぐ》ったところで、奥から笑い声が聞こえて来た。声の主が誰であるかは、顔を見なくとも分かった。大家の五之助《ごのすけ》と三年程前から店子《たなこ》となっている為次郎《ためじろう》であった。

五之助の話によると、為次郎の生業《なりわい》は仲買で、京大坂で仕入れた品を江戸店に卸しているらしい。年のうちの半分近くは長屋を留守にしていた。当りが柔らかく、腰も低く、旅から帰って来ると長屋の者にちょっとした土産を配るなど、行き届いていると評判の男だった。ここ数ヵ月は、珍しく江戸に留まっていた。

「それでは」

と為次郎が路地から出て来た。甲吉に気付いた為次郎が、丁寧に挨拶をし、擦れ違った。

「おや、おかえり」五之助が、木戸の外を見てから甲吉に言った。「為次郎さん、今夜はお得意様にお招《よ》ばれだそうですよ」

「そりゃ、結構ですね」

「どうだったい？」

「今日も一日、稼がせていただきました」

「そうかい。何よりだよ。皆が甲吉さんや為次郎さんのようだと助かるんだけどね」

五之助は笑ってみせると、

「引き留めてしまったね」甲吉に詫《わ》びてから木戸門脇の家に戻って行った。表の稼業は、そこの青物屋の主である。

甲吉は腰高障子《こしだかしょうじ》を開けて土間に入ると、くるりと向きを変え、背負っていた荷箱を下ろした。看板書きに必要な紙や筆、硯、糊《のり》などが収められている。この荷箱ひとつを背負い、船宿や茶屋などを回るのである。

甲吉は、流しの脇に置いてある木桶《きおけ》の蓋《ふた》を外し、柄杓《ひしゃく》で水を汲《く》み、一口、二口と飲んだ。水売りから求めた水だった。甲吉は、出来るだけ水売りの水しか飲まないように心掛けている。井戸の水を飲むときは、水瓶《みずがめ》に汲み置いたそれの、上澄みだけを湯冷ましにして飲んだ。

江戸の水は、特に井戸の水は不味《まず》い。理由はそれだけだった。その思いは、江戸に来て五十年以上の月日を重ねても、変らなかった。

甲吉は畳に上がると、箱を茶簞笥《ちゃだんす》の横に置き、手拭を手に、長屋を出た。湯屋は隣町の中川町《なかがわちょう》にあった。

熱い、肌に嚙み付くような湯を甲吉は好んだ。それも、湯に沈んでいると、爪の先が痛くなるような熱さであれば、なおよかった。中川町の湯屋は、この日も甲吉の好みに応えてくれた。

夕風に吹かれながら油堀に抜け、堀沿いの道を歩き、居酒屋の縄暖簾《なわのれん》を潜った。

「湯上がりかい。いい顔色だね」板場で魚を捌《さば》いていた亭主が甲吉に声を掛けた。

甲吉は手で応えると、酒を頼むぜ、と言って見世の中を通り、片側に十畳ずつある入れ込みの右側に上がった。

小女が銚釐《ちろり》と大根の煮物を盆にのせ、甲吉の膝許に置いた。

「ありがとよ」

甲吉の手が銚釐と猪口《ちょこ》に伸びた。ふたつ続けて飲んだところで箸を取り、大根を摘《つま》んだ。汁が落ちそうになり、掌で受けた。よく染みていた。

「いらっしゃい」

目だけ上げると、女将《おかみ》がいた。

「丁度よかった」と女将が言った。「外の柱行灯が破れちまったんだよ。明日にでも、張り直しておくれな」

「ようがすよ」

「それじゃあね、ちょっと待ってて」女将は板場に行くと、鍋のものを小鉢に取り分けて来た。「これは、奢《おご》り」

「桜煮じゃねえかい。美味そうだな」

鮹《たこ》の足を薄く輪切りにし、酒と味醂《みりん》で煮たものだった。甲吉は早速口に放り込んだ。ふっくら柔らかく炊《た》けていた。

「美味《うめ》えな。こりゃあ、堪《こた》えられねえぜ」

酒を飲み、桜煮を摘んでいる甲吉の耳に、低い笑い声が絡《から》んで来た。

「何だよ」と、その声が言った。若い声だった。「そんな爺《じい》さんに色目使って、どうするんだよ」

「明日、看板を書いてもらうからですよ」

「安い手間賃だな。鮹で喜んでいる方も、いる方だけどよ」

男はふたり連れだった。ふたりの腕の太さと腰の張りを見た。勝てない相手ではない。甲吉は箸を手に取り、桜煮を見詰めた。

飛び掛かり、ひとりの目玉を箸で一気に突き刺す。居竦《いすく》んでいる隙《すき》を狙い、もうひとりの男の咽喉《のど》を突く。簡単なことだった。だが、ここでやったのでは、忽《たちま》ちのうちに小伝馬町に送られてしまう。

甲吉は手拭を広げ、桜煮を中に移すと、小銭を盆に置いた。

「おや、爺さん、帰るのかい？」ふたりの笑い声が重なった。

これ以上いたら、ふたりを殺さずには気が済まなくなる。

こんな奴《やつ》らを殺っても、一文の得にもなりゃあしねえ。

甲吉は黙って店を出た。

「勘弁しておくれな」女将が、追うようにして付いて来た。

「何でもねえよ。気にしねえでくれ」

「そうかい。済まなかったねえ」

女将を振り切り、堀沿いの道を東に下った。

長屋の木戸を通り、借店に入った。

畜生《ちくしょう》。

明かりも点けず、上がり框《がまち》に腰を下ろした。

腰高障子の向こうが、仄《ほの》かに明るい。その明るさを通して、小さな声が聞こえて来た。

同じ長屋に暮らす者たちの話し声だった。

子供の声がした。木戸近くの左官屋の倅《せがれ》の声だ。何かぐずっている。それを親が叱り付けている。

女の声がした。斜め向かいの棒手振《ぼてふり》の女房の声だ。金が足りない、と言っているらしい。

ほぼ毎日のように繰り返されている言い争いだった。

よく飽きねえもんだ。

甲吉は、声に出して言った序《つい》でに、大きく息を吐き出し、その勢いで立ち上がった。

酒も飲み足りなければ、腹も減っていた。あのふたりのお蔭で、すっかり食いっぱぐれちまった。

畳に上がり、明かりを灯した。

買い置きの酒が、徳利に半分程あった。手拭を広げると、桜煮がくったりと重なっている。飯櫃《めしびつ》を覗いた。今朝炊いた飯が、底に残っていた。冷飯を食べる気分ではなかった。

甲吉は、天井から垂らした綱を引き、屋根に穿《うが》たれた引き窓を開けた。煙出しのためである。釜《かま》に冷飯を移し、水と桜煮を加える。竈《かまど》に掛け、木っ端《こっぱ》を焚き付けた。粥《かゆ》が出来るまで、火の番をしながら湯飲みで酒を飲むことにした。

木っ端に残った水気が煮え立ち、泡となって噴き出し、それが炎に変った。

火が顔を照らし、手足を赤く染めた。返り血のようだった。

甲吉は、酒を湯飲みに注ぎ、一息に飲み干した。

承右衛門の顔が瞼《まぶた》に浮かんだ。

同心らが姿を消した後、暫《しば》くしてから右吉に声を掛けると、庭の四阿《あずまや》に通された。

承右衛門がひとりで待っていた。

――どこかで殺しを請け負ったのかい。

――いいえ。

――見た通りだ。八丁堀が訊きに来たんだよ。

――元締と私のことを、どうやって知ったのでしょう?

――知られちゃいないよ。まだ、ね。

――やりますか。

――今のところは、私の掌の上にいるから大丈夫だよ。危なくなったら知らせるから、その時は頼むよ。

——へい。

——ところで、今請け負ってもらっている件だけどね、丸にしといておくれでないか。

丸にする、とは、請け人言葉で中止するという意味合いだった。

——何かまずいことでも？

——八丁堀が犬目を追っている時だ。滅多突きはいけないよ。半金は返してくれなくていいからね。忘れておくれ。

——それでは申し訳が。

——いいよ。また、頼むんだから。

——ありがとう存じます。では、遠慮なく。

釜からぶくぶくと、米の煮え立つ音がしている。蓋を開け、杓文字《しやもじ》で掻き回し、残り火を落した。

出来上がった粥を飯椀に盛り付け、ふうふう言いながら食べた。

——暫く、おとなしくしていた方がいいかも知れないよ。

承右衛門の声が、耳朶《じだ》に甦《よみがえ》った。

飯櫃と釜に汲み置きの水を差し、屋根の引き窓を閉め、敷きっぱなしの布団に寝転んだ。

屋根が小さく鳴った。雨粒が落ちて来たのだ。

まだ運って奴が残っているらしいな。

この先、何年生きるのか、とふと思った。

三

八月二十一日。

河岸《かし》を見回り、奉行所に戻ると、

「最前より、滝村様のお帰りを待っている者がおりますが」と門番が言った。

大門裏の控所を覗くと、川口屋承右衛門のところの若い衆・万平だった。

「旦那ぁ」と万平が飛び出して来た。

「分かったのか」

「急いで旦那をお連れするようにとだけ、言付かって参りました」

「どっちに行けばいい？　花川戸か、新鳥越町か」

「旦那、右吉の兄貴でございますぜ」

「そうだったな」懐から小粒を取り出し、万平に握らせた。追い掛けるから、先に戻っていてくれ。

朝吉に、刻限が来たら御用箱だけ組屋敷に届けておくように言い、寛助らと四人で奉行所を駆け出した。

川口屋に辿《たど》り着くと、一足先に帰っていた万平が、こちらです、と裏へと案内した。

店先で出来る話ではない。寛助らとともに後に続いた。見世と裏とを仕切る板廊下を渡り、八畳の客間に通された。茶が運ばれるより早く、右吉が現れた。

「遅くなりまして申し訳ございません」

頼んでから僅《わず》か二日である。言下に否定し、礼を言い、訊いた。

「お尋ねの件ですが、二月から今までに世話をした者はおりませんでした。中間に絞らず、荷揚げ人足なども調べたのですが、やはり半助の名はありませんでした。名を変えたのか、とも思い、身許の請け人のいない六十四、五の者を斡旋《あっせん》しなかったかを調べましたが、それらしいのもおりませんでした」

「そうか、駄目だったか」

「はい。こちら側は駄目でしたが、あちら側、十二年前に三上の御家に雇われる前のことは、分かりました」

「本当ですかい？」寛助が膝を乗り出した。

「それまで中間勤めをしていたお屋敷までは分かりませんでしたが、三上家を周旋したのは、神田佐久間町《さくまちょう》二丁目の口入屋《伊倉屋《いくらや》》で、三上家に住み込むまでの住まいは、松永町《まつながちょう》の《惣助《そうすけ》長屋》、別名《首斬り長屋》でございます」

「あそこか」

惣助長屋は、木戸の脇に軛《くびき》が置かれていたところから、軛長屋と言われていた。軛は牛車などの轅《ながえ》の先に横に渡した棒のことである。その軛長屋を、口の悪い連中が首斬り長屋と言い始め、いつの間にか首斬り長屋が通り名となってしまっていた。

「ありがとよ。助かったぜ」

「伊倉屋の方には話を通してございますので、お訪ね下さい。また大家の惣助でございますが、まだ半助のことを覚えているそうですので、お役に立つかと存じます」

「何から何まで、本当に済まねえ。この足で行ってみるが、元締によろしく伝えてくれ。それから、この件で走ってくれた者たちにもな」

「伝えておきます」

「御礼と言っては何だが、奉行所絡みで困った時は、言ってくれ。一肌脱がしてもらうからな」

「そのようなことが起らぬよう、気を付けておりますので、ご心配は無用かと」

「そうかい。今の言葉を忘れねえでくれよ」

「…………」

右吉が黙って頭を下げた。


与兵衛らは広小路の混雑を避け、材木町から三間町《さんげんちょう》を伝い、門跡前を通って川幅二間半(四・五メートル)余の新堀川を越えた。そこからは、西に向かって鉤《かぎ》の手に道を進み、三味線《しゃみせん》堀から向柳原《むこうやなぎわら》へと抜ければいい。顎が上がり、膝が笑っている寛助に声を掛ける。

「後ろから北町《きた》が来るぞ」

寛助の腰が伸びた。

医学館の前に出た。通りを折れ、武家地を右に見て、片町を通り抜ければ、佐久間町二丁目だった。

口入屋の伊倉屋で、黄ばんだ請状を見せてもらったが、主は半助のことを覚えておらず、書面に書かれている以上のことは分からなかった。

隣町に回り、惣助長屋を訪ねた。木戸の脇にあるという軛はなかった。取り払われてしまったのだろう。長屋の入口脇にある小間物屋の裏戸を開け、大家を呼んだ。表の客に遠慮したのである。大家の惣助が、ゆったりとした足取りで現れた。

「半助さん、よっく覚えておりますですよ」

「十二年も前だってのに、そいつはすげえじゃねえか」

「半年くらいで戻る、と言って一旦ここを引き払ったんですが、その半年が過ぎた頃、ひょっこりやって参りまして。身体が続く限りご奉公させていただくことにしたから、ここには戻らない、と言うじゃありませんか。どうしたんだい？　訊きました。何と答えたと思います？」

「気を持たせるねえ。するっと言ってくれ、するっと」寛助が責付《せっつ》いた。

「『俺は生まれて初めて、ひとの情けってもんを知った』。そう言って涙目になりましてね。そんなことがあったもので、覚えているのですよ」

「他には？」与兵衛が訊いた。

「ございません」惣助が胸を反《そ》らした。

「ねえのかよ」寛助が思わず、口を尖《とが》らせた。

「はい」

「それだけとは、思わなかったぜ」

「お言葉ではございますが、私が何人の店子の面倒を見て来たか、ご存じですか。祖父の代から孫子《まごこ》の代までの指を借りても足りないくらい、見ているのでございますよ。名前を思い出し、話のひとつも聞ければ上々の吉ってもんでございますよ。ねえ、旦那」

「大家さんの言う通りだ。ここは礼を言わざあなるめえよ」

与兵衛に言われ、寛助が折れた。

「取り敢えず、一旦奉行所に戻り、帰りに《きん次》で、ちくと飲もうか」

「ありがてえ」寛助の顔に笑みが射した。


居酒屋のきん次は、本八丁堀三丁目の藍玉《あいだま》問屋と稲荷に挟まれた一角にあった。同僚の塚越丙太郎も贔屓にしている店で、役目の話を二階ですることも出来た。表を素通りし、裏に回った。客の中には、悪さをしていなくても、同心や御用聞きを嫌う者もいる。あそこは同心が来るから、と客足が遠退いては気の毒なので、飲む時は決まって裏に回ることにしていた。

裏戸から顔を差し込み板場を見ると、主の金次《きんじ》が和《あ》え物を小鉢に盛り付けていた。二階を指さすと、仕種《しぐさ》で上がるように、と返して来た。

「酒と肴《さかな》を頼む」

二階は金次と女将の居間になっているが、客の要望にいつでも応えられるように、と片付けられていた。

膝を崩し、車座になった。

昼間は高積見廻りとして河岸回りもしたので、一日中歩いていたような気がした。足の指先から力が抜けて行く。

階段を上る女将の足音が響いた。身体が重い訳ではない。聞かせたくない役目の話をしていたら、止めるように、という合図なのだ。酒が来た。米造と新七が取り、盆に並べられた猪口に注いだ。それぞれが手を伸ばし、一息に飲み干した。

小女が肴を運んで来た。青菜と油揚げを煮付け、玉子で綴《と》じたものと、焼き豆腐と大根と魚のすり身団子を味濃く煮たものだった。小皿に取り分け、頬張った。濃い味付けが、疲れた身体に染みた。

「半助の野郎、いってえ、どこに潜《もぐ》り込みやがったんだ」手酌で酒を注ぎながら寛助が言った。

「今度はいつ現れるんでやしょう？」米造が、答えるともなく言った。

「それは、分かっている。三上兵七郎とご新造《しんぞ》の月命日、二十九日には、必ず墓か、明屋敷のどちらかには花を手向《たむ》けに来るはずだ」

「それまでは？」新七が訊いた。

「野放しよ。どこにいるか分からねえんだからな」寛助が言った。

「するってえと、その間は、世話役の残りひとりが殺されないよう祈るしかねえんですか……」

今日はまだ二十一日だった。二十九日までには、まだ日数《ひかず》がある。

江戸の町は、猫道まで存じております。そう言った手前、ただ手をこまねいて待っている訳にも行かない。だが、どこを探せばよいのだ。

「………」猪口を持つ与兵衛の手が止まった。

「旦那、滝与の旦那。どうかなさいやしたか」寛助が訊いた。

「三上家の嫡男だが……」

「へい。三歳で亡くなっておられやしたが、それが何か」

「命日を見たか」

寛助らが顔を見合わせてから、首を横に振った。

「墨が消え掛けていたので、日にちまでは確かじゃねえが、月は読めた」三月だった、と与兵衛が言った。「そして、日にちの頭の文字は、二だ」

「……それじゃ、もしかすると？」

「二十九日は二の字のどん尻だ。前っきゃねえ。明日の朝一番で、妙雲寺に走り、過去帳を調べてくれ」

「承知いたしやした。そうとなりゃ、ゆっくり飲んじゃいられねえや。片付けちまいやしょう」

箸と小皿が触れ合い、音を立てた。

四

八月二十三日。夜八ツ（午前二時）。

与兵衛と寛助らは、三上兵七郎の明屋敷の一室に潜《ひそ》んでいた。そこからは、花が手向けられていた奥の間を見通すことが出来た。と言っても、真夜中である。今は闇に沈み、何も見えない。

昨日、妙雲寺に赴《おもむ》いた寛助らは、過去帳から三上兵七郎の嫡男の命日を割り出していた。月は三月で間違いなく、日は、二十三日だった。

寛助の報告を受けた与兵衛は直ちに大熊正右衛門に伺いを立てた。徹夜での張り番である。ましてや明屋敷の中での張り番である。一同心の裁量では決められない。年番方の許しが要《い》った。明屋敷に入ることも勿論《もちろん》だが、公用で一晩組屋敷を明ける許しを得なければならない。それは、身分の上下に関わりなく、幕臣たる者すべて、私の用で夜九ツ（午前零時《れいじ》）を過ぎて家屋敷にいないということは許されない、というお定めがあったためだった。

しかし、年番方の許しだけでは、明屋敷に入ることは出来ない。支配違いの壁がある。

「梶山様には、儂《わし》の方からお伝えしておく。さすれば、万が一見咎められたとしても、後ろ楯《だて》になって下さるだろう。町方だけでことを進めるより、梶山様も安心なされる」

「出来ますれば、此度《こたび》は徒目付《かち》には出て来られたくないのですが」

「邪魔になるだけか」

「ここは、気心の知れた者だけで、張りたいと」

「分かった。儂が上手くことを運んでおく。案ずるな」

よいか、と大熊が言った。「黙ってやらずに、一報しておく。そうすれば、世の揉《も》め事の半分がことは、自然《じねん》と収まるものだ。忘れるでないぞ」

今のところ、徒目付の現れる気配はなかった。大熊様と梶山様の間で、上手く話し合いが付いたのだろう。与兵衛らは損料屋で借りた敷き布団の上で胡座《あぐら》を掻き、握り飯と竹筒に入った水を手許に置き、半助を待った。

いつ、現れるのか。

昼日中でも、その日が終り掛けた夜更けでもない、と与兵衛らは踏んだ。現れるなら、人気のない早朝だろう。

不安な要素もあるにはあった。居酒屋での寛助らとの騒動である。また、半助のことを調べ回った承右衛門配下の動きが、逆に半助に漏れていないとも限らない。確実に現れる、とは断言出来なかった。

しかし、主らの仇《あだ》討ちを念じ、世話役をふたりも殺した男だ。主の嫡男の命日を黙ってやり過ごすことは、まずあるまい。それが与兵衛の考えであった。

雲が切れ、下弦《かげん》の月からの光が、板戸の隙間から細く長く射した。

新七の身体が揺れている。舟を漕《こ》いでいるらしい。

覚えがあるぜ、と寛助が呟くように言った。若いうちは、一晩、二晩の徹夜なんぞ屁《へ》の河童《かっぱ》なんだが、凝っとしていると、なぜかやたらと眠くなったもんだ。年を取ってえと、具合はちいと違ってな。一旦冴《さ》えちまった目ん玉は、どんなになだめすかしても、とろりともしてくれねえんだ。

うん、うん、と自らの言葉に頷いていた寛助の耳に、新七の鼾《いびき》が飛び込んだ。

大概《てえげえ》にしねえか。

寛助の足が、新七の腰を蹴った。慌てて目を覚ました新七が、辺りを見回し、

「来やがったんで？」米造に訊いた。

「まだ、だ。静かにしてろい」米造が低い声でたしなめた。

「飯を食え。目が覚める」寛助が言った。

新七が手拭を解き、経木《きょうぎ》に包んだ塩握りを取り出した。居酒屋きん次の女将に頼んで握ってもらったものだった。

食べていると、口で息をしない代りに鼻で息をするらしい。新七の鼻息が耳についた。

「鼾の次は鼻息かよ。うるせえ男だな」寛助が毒づいた。

「済みません……」

暫《しばら》くは虫の音だけになったが、また新七の鼻息が荒くなった。諦めたのか、今度は

寛助も黙っている。

鐘が鳴った。捨て鐘が三つ鳴り、続いてひとつ、ふたつ、と七つまで鳴った。暁七ツ(午前四時)である。

「これから、半刻(一時間)が勝負だ。ぬかるなよ」与兵衛が言った。

「へい」低い声が重なった。

寛助が手燭《てしょく》を手許に引き寄せている。直ぐにも立ち上がれるようにと、四人それぞれが足を組み替えた。

風がない。与兵衛は今になって、風がないことに気が付いた。来る。奴は来る。確信に似たものが与兵衛の心を満たした。

これが、捕物の年季というものなのか。だとしたら……。

虫の声が、ふいに止んだ。落ち葉を踏む足音が、明屋敷の門の辺りから聞こえて来た。

ひとが来れば踏んで音を立てるように、と落ち葉を集めて敷き詰めておいたのだ。

ゆるり、と足音が裏手へ回って来る。

半助以外には考えられなかった。

来たぞ。闇の中で、息を潜め、待った。

板戸の下に刃物を差し込む音がした。ふっ、と明屋敷の中の空気が乱れた。仄かな月明かりが差し込んでいる。

半助の手が止まった。中を窺っている。

四人ものひとがいるのだ。多少温気《うんき》が籠《こ》もっているだろう。ひょっとしたら、握り飯のにおいも残っているかも知れない。だが、どうしようもない。半助が逃げ出すようならば追い掛けるが、迷っている限りはうずくまっているしかない。息を詰め、半助が動くのを待った。

ことり、と音がした。

半助が板戸を外し、板廊下へと上がり込んで来た。勝手知ったる主家である。するすると、奥の間に進んでいる。

与兵衛は寛助の背を突いた。明かりを灯せ、という合図である。寛助が懐から火種を取り出し、息を吹き掛けた。寛助の顔が赤く浮き上がった。と同時に、与兵衛と米造と新七が跳ね起き、半助を取り囲む位置に立った。

立ち竦《すく》む半助の姿を、手燭の灯が照らし出した。

手に花の束を持っている。

「半助だな？」

「こいつでございます。間違いございません」寛助と米造が言った。

探るようにしてふたりを見た半助が、呟くように言った。

「…………あの時の……」

「それまでだ」与兵衛が言った。「お前の主を思う気持ちはよく分かる。褒めてやりたい程だ。だがな、それで殺しが許されるってもんじゃねえ。殺された者にも、その死を嘆《なげ》き悲しむ者がいるのだ。おとなしく縛《ばく》に就け」

「こっちはこれだけいるんだ。もう逃げられねえ。逆らうんじゃねえぞ」米造がじりじりとにじり寄った。

半助の手から、花が落ちた。崩《くず》れるように座り込んだ半助は、両の手を膝に置き、深々と頭《こうべ》を垂れた。肩が細かく震《ふる》えている。

「いい覚悟だ。動くなよ」新七が早縄を打とうと、捕縄を広げた。その瞬間、与兵衛は、半助の右手が、そろそろと背中に回りかけているのに気が付いた。

「新七、寄るな」

与兵衛の声に、半助がびくっと顔を上げた。目を見開いている。

「そうやって、世話役を殺ったのか」

半助の震えが止まった。

「…………」

「立て」

与兵衛が一歩踏み出し、手を伸ばした。

その時、開いた板戸から黒い影が廊下に躍り込み、大きな音を立てた。

何だ？　与兵衛は思わず身を引き、音の主を探ろうと板戸に目を転じた。その瞬間を捕らえ、半助の身体がふわり、と浮いた。気配に身構えた与兵衛の目の前を横切るように、半助の身体が沈んで行った。背帯から抜いた匕首を腹に当て、床に身体を叩き付けたのだ。

「捕まえたか」黒い影が進み出た。松原真之介だった。

答えている暇はない。急いで半助を抱き起した。

「明かりを寄越せ」寛助に怒鳴った。手燭が掲げられた。半助の腹には、匕首が鎺《はばき》近くまで深々と刺さっていた。

「もっと明るくしてくれ」

松原に続いて現れた弐吉が、素早く火を灯した手燭を差し出した。

「……旦那」半助が言った。「後生で……ございます。このまま、死なせて下さいまし」

「分かった。分かったが、訊きたいことがある」

「…………」半助の目だけが動いた。

「世話役らを殺ったのは、半助、お前で間違いねえんだな？」

「お騒がせして、申し訳……ございませんでした……」口を開く度に、刃の下から血が流れ出ている。

「そんな挨拶は、どうでもいい。それより、殺した訳を言え」

懸命に応えようとしている半助に、脇から松原が訊いた。

「匕首の使い方を誰に習った？」

「ただ、ご無念を晴らしたかっただけで……習ったことなど……」半助が息を継ぎながら、言った。「旦那様が、昔仰しゃったことがございます。平伏し、理不尽な物言いを凝っと我慢して聞いている時、俺が何を考えているか、分かるか……。跳び起きざまに、腹を抉《えぐ》る。さすれば、武芸の心得なんぞ何もない世話役などは、いとも簡単に倒すことが出来る。そのようなことを思い描いて、何とか堪えるのだ、と仰しゃり、寂しげに笑っておられました。それ程の我慢をなさっていらしたのです……。ご新造様が亡くなられた後、旦那様のお言葉を思い出したのでございます。私もこの年です。身体が動くうちに、と仇討ちを思い定めたのでございます……」

腹回りが血でぐっしょりと濡《ぬ》れている。唇を見た。白い。皺《しわ》が深くなっている。乾いて血の気が失せているのだろう。

「これで」と半助が言った。「私も旦那様とご新造様の許へ参れます……」

「行っても会えねえんじゃねえか。ひとを殺《あや》めたお前は地獄行きだ」

「そう、でした……」半助が、微かに笑みを見せた。

「なぜ中間まで殺した？　何の落ち度もないだろう」

「顔を見られたからか」寛助が訊いた。

「へい……もう夢中でしたことですが、悪いことをしちまいました……」

「分かった。もう喋《しゃべ》るな」

「ちょっと、よいか」

松原だった。松原は、半助からよく見えるように、と腰を屈め、大きな声を出した。

「俺は、北町の松原真之介だ。仏の松原とか言われている、定廻りだ」

「申し訳……」

「黙れ、聞け。中間のこと、滅多突きのこと、気に入らねえことは、山ほどある。だが、その年で主の恥辱を晴らそうとした心意気には感じ入った。とは言え、その傷だ。お前は、もう間もなく死ぬ」

「……へい」

「黙って聞け。酒は好きか」

半助は、目を宙に漂わせ、小さく頷いた。

「よし。末期《まつご》の酒だ」

松原は弐吉らに、酒だ、と怒鳴った。

「買いに行く暇はねえ。小野田の屋敷に行き、叩き起せ。新しいのを持って来るからと言って、昨日の酒を取り返して来い」

「全部飲んじまってたら、どういたしやしょう」弐吉の子分が訊いた。

「吐き出させろ」

「えっ」子分が絶句している。

「馬鹿野郎、あれだけの量だ。一度に飲まれて堪《たま》るか。行け」

弐吉らが、屋敷からすっ飛び出して行った。

「酒と揚げの巾着で、一晩、軒下三寸借り受けたのだ」松原が言った。

「よく今日が命日だと分かりましたね」

「犬目の方が手詰まりでな。どこに行くという当てもねえもんだから、昨日俺らも妙雲寺に行ったのだ。そしたら、主水河岸が過去帳を調べに来た、と住職が言うじゃねえか。そこで、命日を聞き出したって訳だ」

半助が苦しげに呻《うめ》いた。与兵衛は半助の手を握り締めた。

「誰か知らせてほしい者がいたら、遠慮なく言え」

「おりません……」

「いいのか、誰にも知らせずに」

半助の唇が震えた。何か言おうとしているが、思い切れないらしい。言えば、その者が難儀することになると思っているのかも知れない。とすると、その者が半助を匿《かくま》っていたのだろうか。

「……へい」

半助の目尻から涙が一筋零《こぼ》れて落ちた。与兵衛は、それ以上の追及を止めた。

庭先で足音がした。弐吉らが戻って来たのだ。

松原が徳利を振った。底の方でちゃぽちゃぽと音がした。

「あいつには明日に回そうという考えはねえのかよ」

呟きながら、湯飲みを探している。

「相済みません。気が回りませんでした」

寛助が竹筒の水を抜き、松原に差し出した。徳利の酒が注がれた。

「酒だぞ」と松原が言った。「酒で送らせてもらうぞ」

半助の唇を酒が濡らした。

「旦那」と半助が与兵衛に言った。「匕首を、抜いて下さい……」

「よいのか」

抜けば、血潮が溢《あふ》れ出し、命の火はたちまちにして消える。半助は応えずに目を閉じた。

与兵衛は匕首の柄を握ると、呼気を詰め、ぐい、と引き抜いた。半助の身体が一瞬反り返り、それからずしりと重くなった。

松原が首筋に指を当て、暫くしてから、首を横に振った。

与兵衛は半助の身体を横たえ、羽織を被《かぶ》せた。

「放り出すようだが」と、松原が与兵衛に言った。「後は任せてもよいかな?」

与兵衛は応える代りに問うた。

「仏の松原というのは、本当なのですか」

「半助は地獄へ行くんだ。閻魔《えんま》様に、死ぬ前に仏の松原様によくしていただいた、とでも言ってもらえれば、後々のためになろうか、と思ったんだよ」

「松原さんは地獄へ行くのですか」

暫く考えてから、そうか、と松原が言った。参ったな。すっかりその気でいたぜ。

弐吉らを率いて松原が屋敷を後にした。小野田定十郎から召し上げて来た徳利も忘れなかった。

「妙な御方でございやすね」寛助が、手燭の火を消した。外からの光で、もう屋敷の中は見通せる。夜明けが来ていた。

屋敷に米造と新七を残し、与兵衛と寛助は奉行所に引き上げることにした。大熊にことの顚末《てんまつ》を伝え、目付に一報しなければならない。


大熊正右衛門は、与力の出仕刻限前にも拘《かかわ》らず、既に詰所にいた。

「ご苦労であったな」大熊は自ら茶を淹《い》れ、飲むようにと勧めながら言った。「これから梶山様に知らせを送る。恐らく、半助が三上家の中間であったことは、隠されることになろう。また、世話役と三上家の間で悶着《もんちゃく》があったことも、御目付と頭支配らの間で処理され、誰にも本当のところは知らされないであろう。勿論我々にも、以後知らせはない。そう思っていてくれ」

「はい」

「ともあれ、よくやってくれた。これで梶山様に貸しが出来たわ。これから暫くは、御目付絡みの一件は、楽にことが運ぶぞ」

「はあ」

「不満か？」

「いえ。しかし、半助が少し哀れに思えまして」

「そうかな。その半助なる中間だが、亡くなったご新造に岡惚《おかぼ》れしていたのかも知れぬぞ。そう考えると、話はひどく分かりやすくなるが、それは儂が俗っぽく出来ておるからかな」

考えもしなかった指摘だった。

「それに、半助の手口だが、其の方の話によると、最初の時よりも、二度目の方が傷が少ないということであったな。あれを場数を踏んだがゆえの慣れとは考えず、手際がよくなった、楽しみ始めた、と捉《とら》えると、また半助の見方が違って来るやも知れぬぞ。勿論、儂の見る目が違っているのかも知れぬがな」

俺は、ひとの表面しか見ていないのだろうか。与兵衛は額に汗する思いで大熊の言葉を聞いた。

与兵衛の心のうちを読んだのか、大熊が語りかけるように言った。

「ひとの心というものは、やたらに襞《ひだ》が多いのだ。口にしていることの殆《ほとん》どは嘘で、見せている顔の粗方《あらかた》は、思いとは逆なものだ。それを分かろうとしても駄目だ。感じるしかないのだ」

ひとは嘘を吐く、と大熊は更に言葉を継いだ。死に際でも、平気でな。そのような奴は閻魔様の前でも嘘を吐き、己の行状を誤魔化《ごまか》そうとするものだ。

松原真之介の顔が、瞼《まぶた》を掠《かす》めて消えた。

「心に留め置きます」

「素直でよい。これが、占部程苔《こけ》むして来ると、鼻先で笑うようになる」

「占部さんは?」

「相変らず、相州屋の一件で飛び回っておるわ」

「私でございますが、これからは?」

「犬目が野放しであろうが」

「続けてもよろしゅうございましょうか」

「当り前だ。犬目を捕えるまで寧日《ねいじつ》はないと思え」

「心得ました」

生真面目に頭を下げる与兵衛に、大熊が言った。

「まだ髪結《かみゆい》がおるはずだ。月代《さかやき》を剃《そ》ってさっぱりしたら、裏で朝餉《あさげ》を摂《と》るがよいぞ」

当番方など、泊まり込みの者のために、毎朝髪結が来、またその者たちのために一汁一菜の食事の用意がしてあった。だが、御用聞きの分まではない。

「忝《かたじけの》うございますが、手先の者が戻るまで、私ひとりが楽をする訳には」

「参らぬか」大熊が、頷いた。「実《まこと》、子は父に似るものよな。そなたの父上も、そういう御方であった。好きにいたすがよいぞ」

大熊が手を叩いた。年番方の同心が現れ、板床に手を突いた。

「これより書状を書く。至急、御目付の梶山様にお届けしろ」

「では」同心が与兵衛を見た。

「滝村が片付けおったわ。見事にな」大熊が巻紙に筆を下ろしながら言った。

第六章　船宿《若松屋《わかまつや》》

一

八月二十四日。四ツ半（午前十一時）。

滝村与兵衛は、中間《ちゅうげん》の朝吉と御用聞きの寛助らを伴い、深川の佐賀町にいた。

佐賀町は上佐賀町、中佐賀町、下佐賀町から成り、上佐賀町は上ノ橋から中ノ橋まで、中佐賀町は中ノ橋から下ノ橋まで、下佐賀町は下ノ橋から南にある木戸までとなっていた。与兵衛らがいたのは、下佐賀町の内だった。

下佐賀町と中佐賀町は、油堀を挟んで南北に広がる町屋で、書物問屋や明樽《あきだる》問屋、味噌問屋、それに鰯魚〆粕《ほしかしめかす》魚油問屋などが並んでおり、船荷や荷置きで揉《か》めるところだった。ご多分に漏れず、富岡八幡宮の祭りの後、高積見廻りが他の河岸《かし》を見回っているうちに、諍《いさか》いが起っていた。与兵衛らは、その仲裁を終えたところであった。

「やれやれでございやしたね」寛助が美味《うま》そうに茶を啜《すす》った。

油堀が大川に注ぐところに架かる、下ノ橋のたもとの茶店であった。ここには、気の利いた餅《もち》も団子もなければ、見目のよい茶汲《く》み女もいない。いるのは、ともに七十を超えようという爺《じい》さんと婆《ばあ》さんだけだった。

艪《ろ》を漕ぐ音が、微かに聞こえて来た。堀を舟が通るのだ。荷を積み過ぎちゃいねえだろうな。四人が堀を見ていると、朝吉も一端《いっぱし》の顔をして堀を見下ろした。

舟が下ノ橋を潜り抜けた。船荷を運ぶ瀬取舟《せどりぶね》ではなく、猪牙舟《ちょきぶね》だった。

朝吉と新七が、何でえ、とばかりに舟から目を逸《そ》らした。与兵衛と寛助らは、そのまま客の風体《ふうてい》に目を遣《や》った。客は三人だった。男ふたりがひとりの女を挟むようにして乗っている。

与兵衛の姿に気付いた男のひとりが、あらぬ方に顔を背《そむ》けた。舟との間合は七間（約十三メートル）程あったが、そげ落ちた頰《ほお》と、手にした長さ三尺（約九十一センチ）程の藍染めの袋が見えた。

女を見た。銀杏崩《いちょうくず》しだ。富岡八幡宮で掏摸《すり》の指を弾いた女と、その連れに違いない。

三人を乗せた舟は大川に出ると、中洲の三ッ俣《みまた》の方へと舳先《へさき》を向けている。船頭の腕と足に生えた黒々とした剛毛が目に付いた。

「あの熊みてえな船頭に、見覚えがあるか」寛助に訊いた。

「……ございやせん」寛助が米造を見てから応えた。

「親父」与兵衛が茶店の亭主を呼んだ。

「何か……」

見るからに頼りなさそうだったが、訊いた。

「あの舟の船頭だが、どこの誰だか分かるか」舟を指さした。

「どの舟でございます？」

惚《とぼ》けているのかと思ったが、どうもそうではないらしい。懸命に探している。

「旦那」茶店の中から婆さんが、よちよちと出て来て、無理でございますよ、と言った。

「爺さんは、遠目が利かないんでございますよ」

「ならば、お前さんで分かるかな」再び指をさそうとして、三人を乗せた猪牙舟が遠退いてしまっているのに気が付いた。

茶店の老夫婦が竈《かまど》の方へと下がって行くのを見届け、寛助が与兵衛に言った。

「旦那「あの時の女で、ございやしたね」

「お気になりやすか」米造が訊いた。

「よく分からねえんだが、嫌なにおいがするんだ。あの連中からな」

「何でございやすね」と寛助が、ひどく楽しげに肩を聳《そび》やかしながら言った。「旦那は半分方、定廻りにお成りでございやすね」


八月二十五日。九ツ半（午後一時）過ぎ。

馬喰町の四つ辻で客待ちをしていた駕籠《かご》舁きが、与兵衛らを見て、走り寄って来た。

鴻巣《こうのす》生まれの亀吉《かめきち》と孝助《こうすけ》だった。ふたりは百まなこの一件の時に、探索に力添えをしてくれていた。

「旦那、ご苦労様でございます」相次いで頭を下げた。

「そっちから声を掛けてくれるなんて嬉しいじゃねえか」与兵衛は辺りを見回した。

「何か奢《おご》らせてくれ」

しかし、これと言って見当らない。弱っちまったな。呟《つぶや》いているところに、振り売りの甘酒売りが来た。天秤《てんびん》の前後に、碗《わん》や釜《かま》を収めた箱形の荷を下げている。

「甘い、甘い、三国一の甘酒でござぁい」

「もらおうか」与兵衛が手を上げた。

気付いた甘酒売りが、顔をほころばせてやって来た。

その甘酒売りを見て、あれっ、と亀吉が言った。

「旦那、こいつは駄目ですぜ。おっそろしく不味《まず》いんです」

「何、言うんだよ。商売の邪魔するんじゃねえよ」甘酒売りが食って掛かった。

「不味い。売れない。売れ残る。それで、いつも酸《す》っぱいのを売っているんですよ」

「そうは言っても、呼び止めちまったからな」与兵衛は袂《たもと》から四文銭を二枚取り出し、甘酒売りに与えた。甘酒は一杯八文である。

「済まねえな。これは足止め料だ」

甘酒売りが亀吉を睨《にら》み付けながら横町に入って行った。

「旦那も、おひとがようござんすねえ」亀吉が言った。

「それより、旦那」孝助が言った。「こんなところで、何かないか、なんて探さずに、近くですから《島田屋《うち》》にいらして下さいよ。頭《かしら》も喜びますんで」

駕籠屋の島田《しまだ》屋は、目と鼻の先の橋本町にあった。頭の亥三郎《いさぶろう》は、女だてらに代を継いだ二十八、九の中年増で、紺染めの半纏《はんてん》がきつい面差《おもざ》しによく似合っていた。

「邪魔になるのではないか」

「何を仰《おっ》しゃるんで。八丁堀の旦那が出入りして下さっていると分かるだけで、あそこは信用出来るってんで、箔《はく》が付くんでございますよ」

「役に立てれば、なによりだ。奢ると言って何だが、茶でも呼ばれるとするか」

「そうしておくんなさい」亀吉と孝助が声を揃《そろ》えた。

走ることに掛けては、ふたりには到底敵わない。与兵衛らが薄汗を滲《にじ》ませて島田屋に着いた時には、店の前には亀吉らとともに亥三郎が待ち受けていた。

「お見回り、ご苦労様でございます」

「亀吉と孝助におだてられて、来ちまった。店先で迷惑だろうが、少しだけ休ませてくれ」

「そんなことを仰しゃらずに、ゆっくりしていって下さいまし」

敷居を跨《また》いだ。土間の中はひんやりとしている。外の日差しが嘘のようだった。

上がり框《がまち》に腰掛けると、冷えた麦湯が運ばれて来た。寛助らが、咽喉《のど》を鳴らして飲んでいる。与兵衛も飲んだ。濃くて美味《うま》い。

「生き返ったぜ」

「ようございました」

「ここは気持ちがいいや」と寛助が言った。「寝ていろ、と言われりゃあ、夜まで寝てますぜ」

「こちらは構いませんが」

「旦那、聞きました？　あっしの人徳って奴ですぜ」

寛助が更に軽口を叩こうとした時、土間が暗くなった。表にひとが立ち、日差しを遮《さえぎ》ったのだ。

「亥三郎さんは、いるかい」入りながら男が言った。「私ですよ」

同じ橋本町の駕籠屋《駕籠源《かごげん》》の主・源兵衛《げんべえ》だった。土間に並んだ駕籠を胡散《うさん》臭げに見回している。

「相変らず、駕籠が余っているんじゃないですか。女だてらに無理はいけませんよ。無理は」

亀吉と孝助がむっとしている。亥三郎は、ふたりを軽く睨んで大人しくさせると、つと立ち上がった。だが、亥三郎が口を開く前に、与兵衛が言った。

「駕籠源じゃねえか。何か用か？」

日盛りの道から屋内に入って来たので、源兵衛の目はまだ暗がりに慣れていない。

「……どちらさんでしょう？」

だが、訊いて間もなく、与兵衛だと気付いたらしい。源兵衛は目を大きく見開き、慌てて腰を折った。

「これは、旦那」駕籠源も、御用で訪ねたことがある。顔は見知っていた。「こんなところで、お目に掛かるとは。一体また、どうしてこちらに？」

「ここは、広いお江戸で唯一、気持ちよく休める所なのよ」

寛助らと朝吉が、そして亀吉や孝助らも与兵衛の言葉に頷《うなず》いて見せた。

「……左様で、ございましたか」源兵衛の言葉に勢いがなくなっている。

「用があったんだろう。済ませちまっていいぞ」

「何でございましょう？」亥三郎が訊いた。

源兵衛の口から寄合という言葉が漏れ聞こえた。それから二言、三言交わして、源兵衛はそそくさと帰って行った。

「余計な口出しをしちまったかな」与兵衛が亥三郎に問うた。

「いいえ。これで暫《しばら》くは、橋本町には駕籠屋は一軒あればいい、などと、偉そうな口を利かれなくて済みます。ありがとうございました」

「そんなことを言ってやがったのかい？」寛助が青筋を立てた。「ちょいと、駕籠源をいたぶりやすかね？」

「そこまでは出来ねえが、これからも時折様子を見に来るから、何かあったら遠慮するんじゃねえぞ」亥三郎に言い、向き直って亀吉と孝助に、「よく俺に声を掛けてくれたな」と言った。「今日のお手柄は、お前たちだぞ」

喜び勇んでいる亀吉と孝助に、

「ふたりとも、ありがとうよ。でも、いつまでも喜んじゃいられないよ。早いとこ稼いでおいで」亥三郎が追い立てた。亀吉と孝助は、口ではぶつぶつ言いながらも、嬉しげに駕籠を担《かつ》いで飛び出して行った。

どこに吊《つる》してあるのか、風鈴が涼しげな音を立てた。

「助かりました」と亥三郎が、改めて框《かまち》に手を突いた。

「おっと、それはなしだぜ」与兵衛が言った。「皆の暮らしを守るのが、俺の役目だ。それでおまんま食ってるんだからな。礼は一度でいい」

「旦那」寛助が、にょろにょろと寄って来た。「ちょいと、格好が良過ぎやす。あっしにも、そんな台詞《せりふ》が言える見せ場を作っておくんなさいよ」

「そりゃ無理ですぜ、親分」と米造が言った。「年を考えなくちゃ」

何を。寛助と米造が言い合っている。

「亥三郎という名がすっかり板についているが」と与兵衛が、ふたりを無視して訊いた。

「代を継ぐ前は、何という名だったのだ？」

「秀《ひで》、です」

「お秀さんか。いい名だ。だが、亥三郎もいい名だな」

「私も気に入っています」

「また寄せてもらうが、困った時は本当に言うのだぞ」

「はい……」

言葉が途切れた。間が持てない。去り時か。与兵衛が立ち上がり掛けた時、島田屋の斜め前の居酒屋から、看板書きの老人が現れた。腰高障子《こしだかしょうじ》を、入り口に立てようとしている。

「あれは、川口屋の柱行灯《あんどん》を張り替えていた爺さんじゃないか」

「そうです。間違いありやせん」新七が応えた。

手間賃をもらい、腹の丼に落し入れている。

「稼いでやすね」寛助が言った。

「あの者に、冷えた麦湯を振る舞ってくれるか」与兵衛が亥三郎に訊いた。

「おやすいことです」

「呼んでやれ」与兵衛が新七に言った。

「とっつあん」新七は、表に出、手を上げた。

甲吉が振り向き、暫く考えてから、驚いたように新七を見詰めている。

「こっちに来て、休んで茶でも飲んでいきな。旦那もいらっしゃる」

ためらうものがあるのか、一瞬険《けわ》しい表情をしたが、気を取り直したのだろう、頭を下げ、荷物を纏《まと》め始めた。

「慌てなくていいからな」

「へい……」

間もなくして、荷箱を背負った甲吉が、新七に遅れて島田屋へ入って来た。

「暑かっただろう。ここの麦湯は美味いぞ」

まあ、荷を下ろして座れ。框を指さした。甲吉は、寛助ら皆に一通り頭を下げてから、与兵衛の言葉に従った。

亥三郎が盆に載せた湯飲みを甲吉の手許に置いた。

甲吉の咽喉が、こくこくといい音を立てた。

「美味いだろう」与兵衛が言った。

「生き返りました」

「俺と同じことを言ってるぜ」与兵衛が言った。

甲吉が、初めて笑った。

「申し訳ございません。私のような者にお声を掛けて下さいまして、ありがとう存じます」

「何を言うんでえ。とっつあんのような看板書きがいなくては、お江戸の町は汚いまんまなんだ。礼を言うのはこっちだぜ」

「そんなお言葉を掛けていただけるなんて、稼業冥利《みょうり》に尽きますです」

亥三郎が麦湯のお代りを湯飲みに注いだ。甲吉は会釈《えしゃく》して手に取り、一口啜《すす》った。

「とっつあんは、江戸の生まれかい？」

「いいえ。信濃《しなの》の方で」

「そりゃ、遠いな」

「へい。遠《とお》ございます」

「江戸に来て何年になる？」

「かれこれ五十年になりますか」

「長《なげ》えな」

「長いと言えば長《なご》うございますね」

この五十年の間に、楽しかったと言える時は、あったのだろうか、と甲吉は思った。

「ふるさとの味というと、何だ？」

「蜂《はち》の子でございますかね。甘くて美味いんでございますよ」

亥三郎と寛助が、顔を見合わせ、身体を引いている。

「それと蝗《いなご》の佃煮《つくだに》でしょうか」

「それなら食べたことがあるぞ。確か、四谷の塩町辺りで売ってたんじゃねえかな。美味いものだな、あれは」与兵衛が言った。

「そうお思いですか」

「佃煮だからな。目隠しして食べたら、何を食べているのか分からねえけどな」

「左様でございますね」

甲吉は頷いていたが、楽しゅうございました、と言って、麦湯を飲み干した。

「まだお客様を待たせておりますもので、参らねばなりません。まさか八丁堀の旦那とお話しさせていただけるとは思いもいたしませんでした」

「とっつあん、住まいはどこだ？」

「はい……」甲吉が与兵衛を見た。

「なに、蝗が手に入ったら知らせてやろうと思ってな」

「深川は、堀川町の五之助店でございます……」

まさか、八丁堀に住まいを教えることになろうとは、甲吉は、ふと背筋が寒くなるのを覚えた。

「名を聞かせてくれねえか」

「甲吉と申します」

「そうか、楽しみにしていてくれよな」

「あの……旦那のお名前をお伺いしてもよろしゅうございますか」

「俺か、俺は南町の高積見廻り同心で滝村与兵衛だ。覚えておいてくれな」

「決して、忘れるものではございません」

与兵衛らは橋本町を後にして元浜町《もとはまちよう》に出た。

「旦那。あれを」米造が目で千鳥橋のたもとを指した。

舟に乗ろうとしている男と女が見えた。男に見覚えはなかったが、女は銀杏崩しの女だった。

「偉《えれ》え。よく気が付いた」

男は、女よりも十近くは若く見えた。胸板の厚い、屈強の男だった。

ふたりを乗せた舟は、浜町堀を三ツ俣の方へと舟足を速めている。船頭の姿がくっきりと見えた。昨日見掛けた熊のような男だった。

「尾《つ》けてみよう。舟を誂《あつら》えろ」与兵衛が言った。

米造は十間（約十八メートル）程駆け戻ると、舫《もや》い舟の船頭に、綱を解かせている。

陸《おか》を行く与兵衛らに、米造の舟が追い付いた。与兵衛は十五間（約二十七メートル）程先の河岸を指さした。米造が船頭に指示をくれた。

舟に移り、「ご苦労」と与兵衛は目立たぬように船縁《ふなべり》に身をひそめた。

前を行く舟は、三ツ俣を抜け、大川を横切ると、下ノ橋を潜り、油堀に入った。

「ゆっくりと頼むぜ」

艪《ろ》の撓《しな》る音が、ゆるやかになった。

大川から三十間（約五十五メートル）程遡《さかのぼ》ったところで、前の舟が船着き場に着いた。男が先に上がり、女の手を取った。

女は男の手に身体の重みを預け、岸に上がると、ひょいと首を傾げて大川の方を見た。与兵衛らの舟に目を留めはしたが、何か特別な思いを抱いた風でもない。女は船頭と男に声を掛け、石段を上ると、道を横切り、船宿に入って行った。己の家に入る気軽さだった。

与兵衛らは、舟を舫っている男らの脇を通り抜けながら、船宿の柱行灯の文字を読んだ。《若松屋《わかまつ》》と書かれていた。

「ここらでいいぞ」

下佐賀町と隣り合う松平備中守《びっちゅうのかみ》の下屋敷前の船着き場で、岸に上がった。

「どこでもいい。見張れる場所はねえか」

与兵衛らは、油堀を挟んで若松屋を見通せる店を探した。斜め向かいに小体《こてい》な蕎麦《そば》屋があった。あそこだ。千鳥橋を渡り、蕎麦屋に入り、二階へ上がった。

開け放たれた障子からは、幅十五間の油堀の向こうに若松屋がよく見えた。

「土地《ここ》の御用聞きで、出来のいいのは？」

「油堀の和助《わすけ》でございやしょう」寛助が答えた。

「よし。俺と寛助で、和助にこの辺りの事情《こと》を聞いて来る。三人はここに残り、出入りする者を見張っていてくれ」

蕎麦切りを平らげ、与兵衛は羽織を脱ぎ、寛助は尻《しり》っ端折《ぱしょ》っていた裾《すそ》を下ろして、蕎麦屋を裏から出た。

和助は中ノ橋の架かる堀の際で、女房に一膳飯屋をやらせていた。

裏から入り、和助を呼び出し、若松屋について尋ねた。

「あそこは居抜きで買われた船宿でございやして、主の清左衛門《せいざえもん》は腰の低い、そりゃあ出来たひとでございますよ。確か、三河《みかわ》の出だとか聞いておりますが」

女について訊いた。

「そう言えば、三河の方から遊びに来ている者がいるとか聞いたような気がしますが、それが何か」

役に立つ話は聞けそうにない。

「居抜きと聞いたので、確かめたのだ。気にするな」

言い置いて、与兵衛らは蕎麦屋に戻った。

女と一緒に舟に乗っていた男が表から入った他は、熊船頭が船宿の裏に回って行っただけで、客らしい客の出入りはなかった。

「やはり、気になるな……」

「暫く見張りやしょうか」

「そうしてくれるか」

蕎麦屋からは、松平備中守の下屋敷の表門も見渡せた。大名家の下屋敷である。中間部屋では賭場が立っていることだろう。蕎麦屋の夫婦に、中間部屋に出入りしている者を見張るためだと言い、二階を借りることにした。今日は暮れ六ッ（午後六時）までにし、明日から二、三日は朝の六ッ半（午前七時）から夜の六ッ半（午後七時）までとした。

「客の数を調べてくれ。妙な奴らならば、客は上げねえだろうからな」

二

八月二十六日。

与兵衛は、寛助と中間の朝吉のふたりを供に、柳原通りから両国の広小路を見て回り、柳橋《やなぎばし》を越えた。舟を雇うためである。わざわざ橋を渡らずとも船宿はいくらでもあったが、与兵衛はこの日雇う船頭を決めていた。

平右衛門町《へいえもんちょう》の船宿《川端《かわばた》屋》の船頭・余市《よいち》である。年の頃は七十になろうかと言うのに、潮焼けした肌は浅黒く光り、艪《ろ》を漕ぐ腕も、腰の太さも若い者に見劣りしない。

川端屋の敷居を跨ぐと、愛想よく現れた番頭が、与兵衛の同心姿を見て立ち竦《すく》んだ。

「余市のとっつあんはいるかい?」

「はい……」番頭が口籠《くちご》もった。

「何かしでかしたのでございましょうか」番頭の後ろから回り込むようにして、主らしい男がやって来た。

「逆だ。贔屓《ひいき》なんだよ、とっつあんの」

「それは、それは」忽《たちま》ち、主の相好《そうごう》が崩れた。若い者に言い付けている。「急いで呼んどいで」

流石《さすが》に旦那はお目が高い。あの年ですが、艪を漕がせれば……。主が余市のよいところを数え上げている。

与兵衛は主の言葉を聞き流しながら、窓格子の隙間から船着き場を覗いた。

羽織袴の侍が、供も連れずに舟に乗ろうとしている。横顔が見えた。谷口道場の高弟・荒木継之助であった。

身形《みなり》もすっきりとし、懐具合もよさそうに見える。大名家の出稽古の口が本決まりして、支度金でも出たのだろう。

「あの客は、吉原か」番頭に訊いた。

番頭は土間に下り船着き場を見て、山谷堀口までということですので、恐らくは、と言って小さく笑った。

荒木の様子を窺《うかが》った。物慣れた風に船頭と何か話している。船頭は頷くと、水に竿《さお》を差した。猪牙舟がゆらりと川に滑り出た。

「悪い虫か……」

「何か」番頭が訊いた。

「いいや。何でもねえ」

懐が温かくなると悪い虫が頭をもたげる。ひとと言うものは、困ったものだな。与兵衛が、川の半ばへと出て行く舟を見送っていると、威勢のいい声が土間に響いた。

「旦那、お久しぶりで」

「おう、また乗せてくれ」

「嬉しいねえ、お名指しとは、花魁《おいらん》の気分ですぜ」

「よしてくれ。夢見が悪くなる」

見送る主と番頭の姿が小さくなり掛けたところで、

「花川戸町ってことは、川口屋ですかい？」余市が訊いた。

そうだ、と答えた。

「旦那だから、こっそりお教えいたしやしょう。元締は、妾《めかけ》の家ですぜ。山谷堀で見ました」

「探す手間が省《はぶ》けたぜ。大助かりだ」

しかし、与兵衛には、新鳥越町にある妾の家を直接訪ねる気はなかった。まず川口屋に寄り、所在を確かめ、それから鳥越町に行く段取りにしないと、見張りを置いているのではないかと勘ぐられ、妾宅《しょうたく》を移されてしまう恐れがあるからだ。

「美味い酒でも飲んでくれ」小粒を取り出し、余市に手渡しながら、油堀の船宿・若松屋のことを尋ねた。

「ありゃあ古くていい船宿だったんでございますよ。ところが」

伜が博打《ばくち》で大損をし、その形《かた》に取り上げられてしまったらしい。余市は、その相手が誰かまでは知らなかったが、二年前の話であることは、

「間違いございません」と力を込めた。

「今、若松屋にいる連中のことは？」

「さあ、油堀に入ることは、滅多にございませんので」

船頭ならば見知っているかと思い、手足に黒い毛がみっしりと生えた熊のような男について訊いた。

「何度か見掛けたことがございやす。漕ぎ方に品ってものがねえんです。力任せですし、おまけに手漕ぎでやすからね。多分、江戸もんじゃありやせんね」

「どこのもんだと思う？」

「恐らくは、大坂辺りでがしょう。前に、そんなのがおりやした」

「とっつあんは物知りだな。役に立ったぜ」

「そいつはようござんした」

艪の撓《しな》る音が高くなった。

余市の言った通り、承右衛門は妾宅にいた。右吉に命じられた万平が先に立って、妾宅へ向かった。門を入ると、玄関脇の小部屋の戸が開き、用心棒に雇われている浪人がふたり現れた。ともに左手に剣を持っている。

「ご苦労様でございます」

万平は如才《じょさい》なく言うと、ひとりで上がって奥に行き、戻って来た。

「滝村様、お上がり下さいませ。親分さんたちは、恐れ入りますが」

「ここで待たせてもらうよ」寛助が言った。

「申し訳ございません」

万平は口先だけで詫び、与兵衛が上がるのを待った。奥に通ると、妾の弓は別室に下げられており、承右衛門がひとりで茶を啜ってい
た。

「ばかにものものしいが、何かあったのか」与兵衛が尋ねた。

「旦那が犬目のことを仰しゃったからでございますよ。私は気が小さいものでして
ね」

「用心するに越したことはねえからな」

「今日は」と承右衛門が上目遣いになった。「また、犬目のことで?」

「趣向を変えて船宿だ」

「それはまた……」

油堀にある若松屋について、知っていることがあったら教えてくれねえか。与兵衛
が言った。

「あれは、浜田屋宗兵衛が博打の形に取り上げ、どこぞの金持ちに転売《ころ》がしたという
噂でございますが」

「買ったのが誰かは、分からねえのか」

「調べさせたことがございました。とんでもないのに、江戸に入られても困りますか

らね」

「それで？」

「主は清左衛門とか申しておりますが、裏に誰がいるかは結局分かりませんでした。が、浜田屋と知って買ったのでしょうから、余程の世間知らずか、相当な悪《わる》でございましょうね」

「そうだろうな」

「ひとつ分かっていることがございます。風体はお店者《たな》なのですが、かなりの腕っこきの者がいるらしいです」

「そんなに強いのか」与兵衛が訊いた。

「うちの若い者が、見たことがございます。土地の者を数人、あっという間に殴り倒したり、抜く手も見せずに犬の首を刎《は》ねたとか。数で掛からなければ、とても敵わないかと」

「元は、侍だな」

「藍染めの袋に棒か刀を入れ、外出《そとで》の時は必ず持っているという話です。それだけでも、どのような者かお分かりでしょう」

「頬の削《そ》げた、暗い感じの男だな」与兵衛が言った。

「ご存じなので?」

「見掛けたことがある」

「そうでしたか」

「そいつと一緒に、銀杏崩しに結い上げた、えらく見目のいい女がいたが、あれは誰なんだ?」

「さあ、それだけでは分かりかねますが」

「いや、これだけ分かれば御《おん》の字だ」礼を言い、序《つい》でに、「その見目のいい女だがな」と与兵衛は言った。「色の白さと心根に実《じつ》のありそうなところは、こっちの方が遙《はる》かに上だぜ」

弓のいる部屋を指さした。

左様でございますか。承右衛門が満更でもなさそうな顔をした。

吾妻橋のたもとから舟に乗り、深川に向かい、仙台堀に架かる上ノ橋のたもとで下りた。

油堀近くに舟を着けるのを避け、陸《おか》から見張り所の蕎麦屋に行くためである。

米造と新七の差し入れにと稲荷鮨《いなりずし》を求め、二階の見張り所に上がった。窓辺で見張っていた米造が頭を下げ、新七の肩を小突いた。脂《あぶら》の浮いた顔を天井に向けて眠っていた新七が、目を開け、飛び起きた。

「どんな具合だ？」

「客は、ぽっちりぽっちりとですが、おりました」米造が答えた。

「そうか。いるか」

「その辺のお店者風の他に、旅姿の者も見掛けやした。ちょいと妙なのは、男がひとりで、ぽつぽつと入って行くのばかりだってことです。そいつら、舟に乗って出掛けるでもなく、中から一向に出て来ねえんです。おかしか、ございやせんか？」

「妙だな」寛助が言った。

「そうなんです」米造が頷いた。

「旦那。くせえですぜ。何がどう、くせえのかまでは、よく分からねえんでやすが、これはくせえとしか言えやせんぜ」

「よし。ここは、誰かに探りを入れさせてみるか」

「誰って、どなたに？」

「こういう役は、塚越の旦那だろうぜ」

寛助らに刻限まで見張りを続けるように言い、与兵衛は裏から出、奉行所に戻ることにした。

半刻(一時間)近く高積見廻りの詰所で待っていると、塚越丙太郎が見回りから帰って来た。

与兵衛は淹《い》れた茶を差し出しながら、早速話を切り出した。

「済まんが、船宿の様子を探ってもらいたいのだがな」

「容易《たやす》いことだ。どこだ?」塚越の答えは、簡にして潔だった。

「深川の油堀だ」

塚越が手にしていた湯飲みを宙に浮かせたまま訊いた。

「まさか、若松屋ではないだろうな」

「その若松屋だが、何だ、拙《まず》いのか」

「拙いなんてもんじゃない。前に絶《ぜつ》がいるって話をしたことがあっただろう。あの絶に会いたいばっかりに、困ったことがあれば、と顔を出したことがある」

「なぜそれを早く言わない」

「言おうとしたが、聞く耳を持たなかっただろうが」

そのような気もしたが、確《しか》とは覚えていなかった。そんなことより、

「まさか、探っているか、と疑われはしなかっただろうな?」与兵衛が訊いた。

「いや、そんな気配はなかったぞ」

「そうか……」

高積見廻りとは言え、八丁堀の同心が顔を出したのだ。何か企んでいるのなら、もっと警戒しそうなものだが、そのような様子は窺えない。これは勘違いか、とも思ったが、そうとも言い切れない。確かめるしかなかった。

塚越の代りになる者を探した。与力の五十貝様では面が割れているかも知れないし、そもそも様子が堅過ぎる。舟を雇い、吉原に行きそうな者。そのような者がいただろうか。

腕組みをしていた与兵衛の脳裏に、突然平右衛門町の船宿・川端屋の船着き場の光景が甦った。物慣れた風で船頭と話し、吉原へと洒落《しゃれ》込もうとしている男がいた。荒木継之助だ。

懐が温かくなるのは悪いことじゃねえ。あいつを使おう。

だが、荒木の住まいが分からなかった。道場に聞きに行くしかない。

「ちょいと出るぜ」塚越に言い、詰所を飛び出した。

「何だ。久しぶりに飲もうかと思ったのに」塚越は、与兵衛が走り去った廊下に向かって言った。

三

八月二十七日。九ツ半（午後一時）。

懐手《ふところで》をした浪人が、ゆらゆらと油堀沿いの道を歩いている。荒木継之助である。

柱行灯の文字を読み、若松屋の表構えを見渡すと、半ば閉《た》てられている腰高障子を開け、中へ入った。

薄暗く、ひとの気配もない。

「誰かいるか」奥に向かい、大声を上げた。

「へい。ただ今」現れた番頭に、山谷堀口までの舟を頼み、その前に、と言った。

「酒をもらおうか」

「相済みません。今、船頭の者が身体をこわしておりまして、舟は出せないのでございます。そのような訳ですので、座敷も暫くは休みということで」

「それでは仕方がないな。何だ、皆で食あたりか」

「そのようなもので」

「また来るぞ」

「お待ちいたしております」

「いつ頃ならば、舟は出せそうなのだ？」

「どうでございましょう、身体の具合ですので」

「そりゃそうだ。邪魔したな」

追い立てるようにして付いて来る番頭に、荒木は足を止めて訊いた。

「するってえと、客がいねえってことか。丁度よい。どうだ、女を連れて来たら使わせてくれぬか。座敷があるのに使わせねえって手はないだろう」

「旦那、取り敢えずは当分の間、休みということですので」

内暖簾《のれん》が揺れた。陰から頬の削げた男が見ている。佇《たたず》まいだけで、並の者ではないことが知れた。役目は果した。荒木は引き上げることにした。

「くどくど言って済まなかったな。気ぃ悪くしねえでくれよ」

「…………」

荒木は外に出ると、再び懐手をして東に進み、油会所の手前にある船宿に入った。

「舟を頼みたいのだが」与兵衛に言われたように、通りにまで聞こえるような大声で言った。「その前に、ちっくと飲ませてくれるか」

そこまで聞いて、船宿にくるりと背を向けた男がいた。荒木を尾《つ》けて来た若松屋の番頭であった。

「野郎、帰りやすぜ」見張り所の細く開いた窓から見ていた寛助が言った。

「まずは、首尾よくやり遂げたようだな」与兵衛が応えた。

「腕も立ちますし、これからも何かとお役に立っていただけるんじゃござんせんか」

「これ一度切りだ。呑み込みが良過ぎる者は、曲りやすいからな」

「惜しいですが……」

半刻（一時間）程して、酒のにおいをさせながら、荒木が蕎麦屋の二階に上がって来た。「私の見たところ、くさいなんてものではありません。ひとを寄せ付けないようにしているとしか思われませんでした」

「それだけ分かれば十分だ」

与兵衛は礼を言い、小粒を渡した。多過ぎると何に消えるのか、火を見るよりも明らかだ。酒代に留めた。

「これは嬉しい」と荒木が、道場にいる時とは別人のような恵比寿《えびす》顔を見せた。「また使って下さい」

荒木が帰って、一刻（二時間）が経《た》った。

若松屋に動きはなく、ひとの出入りもない。

「今日は、こんなところだろう。どこかで、飲んで帰るか」

「旦那は休んで下さいやし。あっしどもは、もう少し見張りやすんで」寛助が言った。

「そうは行くかよ」

「それじゃあ、気散じにどこかへ。そうだ。確か、看板書きの長屋は、この近くでは?」

「それがいいっすよ」と米造が言った。「あの爺さんも、ひとりじゃ詰まらないでしょうから、訪ねてやって下さいやし」

「これから買い出しに出て、旦那はそれをお持ちになって、あの甲吉爺さんを訪ね、あっしどもは、ここで三人で食う。それで、どうです?」

寛助の申し出に従うことにした。

朝吉を奉行所に帰した後、新七と見張り所を出、中川町で酒と菜飯の握り飯と小魚の塩焼きを求め、堀川町の五之助店に向かった。もっと肴《さかな》になるものを買いたかったが、売れ残っていたのは、それだけだった。

木戸を通り、路地を抜けると長屋が建ち並んでいた。壁に仕切られた借店が、左手に七軒、右側に六軒と、軒を連ねている。まだ帰っていないのか、灯りのともっていない借店もあった。折角《せっかく》、手土産を提げて来たのである。帰っていてくれよ。祈りながら、腰高障子に書かれた店子の名を読みながら進んだ。中程に、『こう吉』とあった。仄《ほの》かな明かりが漏れている。

与兵衛は、両手に提げていた土産を片手に持ち直し、空いた手の甲で戸をそっと叩いた。

借店の中の気配が、ふっ、と止まった。

誰が来たのか、探っているらしい。与兵衛はもう一度叩いた。

「どなたさんで？」甲吉の声がした。

「俺だ。こないだ、蜂の子と蝗の佃煮の話をしたもんだ」甲吉が何か悪さをしたと疑われては気の毒なので、八丁堀の名を出すことは遠慮した。

「旦那、でございますか」

腰高障子が開いた。驚いている甲吉の顔の前に、酒徳利と経木に包まれた握り飯と小魚を差し出した。

「近くに来たもんだから、ちょいと休ませてもらおうか、と思ったんだが、邪魔だったか」

「とんでもないことです。どうぞ、汚いところですが、上がってやって下さい」

甲吉が後退りながら土間から上がり、ふたりが座る場所を作ろうと、行李《こうり》を壁際に押し付けている。衣の入れ替えでもしていたのだろう。

「気ぃ遣うこたぁねえよ。こっちの隅で、飲もうじゃねえか。飯はもう食ったのかい」

「いいえ。これから行こうかと……」

「そりゃあ、よかった、と言う程のものはねえが、今日んところはこれで勘弁してくれ。殆《ほとん》ど売り切れちまってたもんでな」

「まさか、旦那が本当にいらして下さるなんて、思いもしませんでした」

甲吉が、膝を揃えて座った。

「よせよ。そんな堅苦しい真似は。それより、湯飲みはあるか」

ひとつしかなかった。甲吉は小鉢で飲むことにした。

経木を広げたが、握り飯と小魚の塩焼きだけである。

「旦那、切り昆布《こんぶ》はお好きで？」

「目がねえ方だ」

蠅帳《はいちょう》から切り昆布の入った鉢を取り出し、経木の横に並べた。

与兵衛が徳利を持ち上げ、甲吉の小鉢と湯飲みに注いだ。

「いただきます」

「おう」

互いが一息に飲み干した。

「美味《うめ》え」

「旦那、私のでは汚ねえでしょうが、箸が一膳しかないもので。よかったらお使い下さい」

甲吉は木桶の水で手早く洗うと、布巾《ふきん》で拭い、差し出した。

「とっつあんはどうする？」

「御前箸《ごぜんばし》がございますんで」

「済まねえな。では、借りるぜ」

切り昆布を嚙んだ。味が濃く、刻み生姜《しょうが》もたっぷりと入っている。好みの味だと伝えると、甲吉はひどく嬉しげに目を細めた。

「とっつあん、身寄りは？」

「妹がいるのですが、どうしているやら……」

「会ってねえのかい？」

「もう五十年になります……」

江戸に出て来て五十年になる、と言っていたことを思い出した。すると——。

「一度も信濃《くに》に帰っていねえのか」

甲吉が、少し迷ってから頷いた。

「何か訳でもあるのかい。いや、言いたくなければ、無理に言うこたぁねえんだが」

「訳、でございますか……」

甲吉は小鉢に注いだ酒を飲み、小魚を噛み千切ると、珍しくもないでしょうが、と話し始めた。

「私がまだ、十かそこらでございますから、随分と昔のことになります。おとが……おとというのは、父親《ておや》のことでございますが、おとは江戸へ稼ぎに行っておりました。その年が初めてのことではございません。毎年、その頃になりますと江戸に行き、年が明けて二月の中頃に帰って来るのです。そうです。椋鳥《むくどり》でございます」

冬の農閑期に信濃や越後《えちご》から出稼ぎに来る者を、江戸者は椋鳥と呼んだ。群れをなし、騒々しく話すところから、そのように呼んだのである。

「ところがその年は、二月が三月になっても、おとが帰って来ない。おかが一緒に江戸に出た村の者たちに聞いて回ったのですが、はっきりしたことは分からない。待ちました。一年、二年……それでも、おとからは何の便りもありませんでした。その間の、おかの苦労は並大抵のもんじゃありませんでした。今でも目に焼き付いておりま す。指なんて、ごつごつと節くれ立っていましてね。変な方に曲ったままになってる のもありました。あんな手を見たのは、後にも先にも、他にはございません……」

甲吉は自らの手を擦《こす》り合わせている。指先が震《ふる》えているのが見て取れた。与兵衛は、酒を口に含んだ。

「そのおかが死にました。葬式を出し、家と僅《わず》かな畑を親戚に託《たく》し、妹を預けました。肩身の狭い思いを妹にさせたくない、と子供心に思いましてね、身ひとつでおとを探しに江戸へ出て来たのです。十三、四の子供です。何の才覚もございません。犬の子か猫の子のように、お宮の床下に寝て、墓場の供え物を盗み食いして、そうやっておとを探し続けました。そして、とうとう見付け出したのですが……おとは別人のようになっておりました。博打に嵌《は》まり、知らない女と暮らしていました。女が投げるようにして銭をくれました。田舎に帰れ、と。おとは、見て見ぬ振りでした。もう、何も彼《か》も嫌になりましてね。妹のことなんぞ、どうにかなる、と思い極め、そのまま私も江戸の垢《あか》に染まっていきました。そのうちに、いっぱしの悪を気取るようになりまして、肩で風を切って歩いておりました。そんな折、小競り合いが起きましてね。巻き込まれたんじゃありやせん。てめえで仕掛けたようなもんでした。それで半死半生の目に遭《あ》わされ、どぶに転がされていたんです。そんな私を拾ってくれたのが、看板書きの親方でした。よく殴られましたが、親方の下で十年暮らし、この稼業をみっちり仕込まれました。親方に死なれ、それからはずっとひとり、という訳です」

甲吉はつるりと顔を撫《な》でると、へへっと笑った。

「二度目でございます。このようなことを話したのは。一度目は親方に、そして二度目が旦那って訳で」

「親父さんは？」

「看板書きになってから、そっと様子を見に行ったことがございましたが、塒《ねぐら》を移っちまっておりました。年が年ですから、もうこの世には……」

「妹さんの名は？」

「ふじ、でございます。おとが富士の御山から付けたという話ですが……」

「酷なことを聞くが、そのおふじさんとは、もう会わねえで済ますつもりかい？」

「旦那、五十年ですぜ。妹だって、生きているかどうか……」

甲吉は切り昆布を掌に受け、口に放り込むと、そのまま目許を拭った。

「大変な、年月《としつき》だったな」

「それでも、こうしておまんまを食べていられるのですから」

食え、食え。与兵衛は握り飯を前に押した。ありがとうございます。甲吉は片手で拝むと、旦那、と言った。

「ふた昔も前のことですが、あの……」

「何だ？」

「女郎を買ったことがあるんです」

「浮いた話か。嫌いじゃねえぜ。どうだった？」

「間が保《も》てなくて、名を訊いたんですよ。そしたら、親が付けてくれた名はふじだ、と答えるじゃありませんか。あたしゃ、泣き出してしまいましてね」

「敵娼《あいかた》も驚いただろう？」

「ハの字に開いた足の間に尻をぺたりと落しましてね。『ねえ、どうして泣くのさ』と訊くもんだから、妹と同じ名だと答えると、今度は敵娼が泣き始めましてね。こりゃ心中だってんで、大騒ぎされたことがありました」

「そいつはいいや。見たかったぜ」

「とんだ二枚目でした」

「馴染《なじみ》になったのか」

「まあ、そんなところで」

「気休めにもならねえが、思いは通じるものだ。きっとおふじさんは、働き者の亭主に嫁いで、幸せになっているよ」

「旦那は、いいおひとでございますね」

「真面目な顔して言うんじゃねえよ。照れるじゃねえか」

酒も粗方飲み干していた。潮時だろう。

「邪魔したな。また気が向いたら寄らせてもらうぜ」

「こんなところでよろしかったら……」甲吉が立ち上がった。

「送らなくて構わねえぜ」

「では、前まで」

腰高障子の外は、もう夜に沈んでいた。寛助から、何の知らせもなかったのだから、何事も起らなかったのだろう。

「では、な」

「ご馳走様でございました。ありがとうございました」

甲吉は深く頭を下げ、与兵衛を見送ると、音を立てぬようにそっと戸を閉めた。

与兵衛も甲吉も、それを井戸端から見ている者がいることに気付きもしなかった。

見ていたのは、甲吉の真向かいの店子・為次郎であった。為次郎の顔からは、いつもの柔和な面影が消えていた。酒くさい息を吐き出しながら、誰にともなく言った。

「八丁堀じゃねえか。するってえと、あの爺《じじい》……」

狗《いぬ》、という言葉を為次郎は呑み込んだ。

第七章　落　着

一

八月二十八日。夕七ツ（午後四時）。

年番方与力・大熊正右衛門の命を受け、奉行所の一室に臨時廻り、門前廻り、下馬廻り、風烈廻り、町火消人足改などの同心とともに、高積見廻りの与兵衛と塚越丙太郎も参集した。

総勢三十名を超す人数である。

これだけの人数を一堂に集めるとなれば、大掛かりな探索であることは間違いない。塚越が落ち着きなく、辺りを見回している。

刻限になり、大熊正右衛門が定廻りの占部鉦之輔を伴い上座に着座した。占部が脇に書き付けの束を置いた。

「あれは、何だ？」塚越が与兵衛に囁《ささや》いた。

待っていれば、分かる。口には出さず、塚越の膝を叩いた。

「本日、集まってもらったのは、他でもない。定廻りの調べにより、去る十一日に橘町一丁目の煙草《たばこ》問屋相州屋を襲い、一家を皆殺しにしたのが白鳥の伝蔵一味であると判明した。伝蔵一味は、近いうちに新たな押し込みを企てているらしい」

大熊の言葉に、一同がざわめいた。

大熊は両手を挙げて、同心らを制すると、続けた。

「伝蔵一味のひとり・木鼠《きねずみ》の助太郎《すけたろう》が、昔の悪党仲間である蔵前《くらまえ》の佐平《さへい》に会った際、相州屋の件をにおわせた。店の名は言わなかったが、押し入った先の蔵にはお宝がなかった、と言ったそうだ。それから、また暫《しばら》く会えなくなるというようなことを話したらしい。これは、一仕事したら、京大坂へ引き上げる、という意味だと思う。その後、佐平は殺しの手引きをした罪で御縄になった。島送りの重罪だ。佐平は吟味《ぎんみ》の最中、己の罪を軽くしてもらおうと、助太郎のことを吐いた。が、伝蔵一味の隠れ家が分からない」

「佐平は知らぬのでございますか」下馬廻りが訊いた。

「石を抱かせたが口を割らなんだ。本当に知らぬものと思える」

「簡単に隠れ家を教えるような奴を、伝蔵は一味には加えません。助太郎が相州屋の件を他人に漏らしたというのも、一味の者にしては迂闊《うかつ》に思えます。ですが、それだけ次の押し込みには自信を持っている、とも考えられます」占部が口を添えた。

「そこで、だ」大熊が、再び引き継いだ。「皆に集まってもろうたのは、それぞれのお役目で市中を見回っている間に、伝蔵、もしくは伝蔵一味に関する手掛かりを見付けてもらいたいのだ。一味と言うても、我々には何も分かっておらぬ。木鼠の助太郎なる者が一味にいることすら、知らなんだのだ。ところが、だ。ようやくのことに、伝蔵の人相書が大坂町奉行所から届けられた。その人相書を頼りに、何とか手掛かりを摑《つか》んでほしい。占部、読み上げてくれ」

「はっ」

占部が束から書き付けを一枚取った。

「白鳥の伝蔵。年の頃は四十四、五歳。身の丈は、五尺八寸（約百七十六センチ）程。巨軀《きょく》にして、二十二貫（八十三キロ）を超えると思われる。その他、赤ら顔。歯《は》並《ならび》は常の如《ごと》し、とあります」

「まだまだ不十分だが、何かの役には立つであろう。もうひとつ、人相書に添えられていた書状に、伝蔵の片腕として暮坂《くれさか》の喜代次《きよじ》、またお店の間取りを調べ上げる者として足切《あしき》りの為次郎なる者の名が記されていた。双方とも人相は不明だが、暮坂の方は剣の腕が立つ者であるらしい。これより、皆に配るので、常に持ち歩き、もしそのような者がいるという話を聞き込んだ折には、すぐに儂《わし》でも、定廻りでもよい、知らせてくれ。ご苦労であった」

占部が配った人相書を手にして、散会となった。

「よし、俺が見付けてくれるぜ」塚越は人相書を懐にしまうと、掌でぽんと叩いた。

「少しは、お覚えを目出度《めでた》くせんとな」

高積見廻りの同心詰所に戻ろうとした与兵衛を当番方の同心が呼び止めた。

「滝村様、控所で手先の新七なる者が待っております」

当番方は、奉行所の受付や宿直を務めとする役のため、新参の同心が古参の同心に補佐され務めていた。与兵衛を呼び止めた同心は、まだ役に就いたばかりの若手であった。

控所に出向いた。若松屋に目立った動きはない、という報告だった。

与兵衛は、もらったばかりの伝蔵の人相書に木鼠の助太郎、暮坂の喜代次、そして足切りの為次郎の名を書き添えて新七に渡し、行き帰りの時に目を配るよう言い、中間の朝吉を供に組屋敷へ戻った。

母の豪は、十日程前に床《とこ》上げしたが、外出は控え、屋敷の中と庭を歩くだけの毎日を過ごしていた。

木戸を開けると、甘いにおいがした。

与兵衛を先に通した朝吉が、回り込んで玄関に立ち、奥に声を掛けた。

与一郎が朝吉から御用箱を受け取っていると、台所の方から多岐代と豪が出迎えに現れた。

「お帰りなさいませ。お出迎えが遅れ、申し訳ございませんでした」

多岐代と豪の手には、外したばかりなのだろう、襷《たすき》が握られていた。

「ふたり揃って、どうしました？」

多岐代が来てからは、悪阻《つわり》のひどい時と産前産後の一時期を除き、台所は嫁に任せていた。その豪が、多岐代とともに台所に入っている。

「今日は、お母様の具合がとてもよろしいので、一緒に巾着を作ろうということになりまして」

本郷五丁目の居酒屋・とんびの肴《さかな》だった。定十郎に連れて行かれてから、一度玉子の巾着を膳にのせてもらったことがあったが、大好評であった。

「お母様が、面白い工夫をされました。楽しみにしていて下さい」

「何だ？　そう言われると気になるではないか。なあ」与兵衛が、朝吉に同意を求めた。

「はい。私も気になります」

「よろしいでしょうか」多岐代が豪に尋ねた。

「お勤めから戻り、まだ家にも上がらぬうちに、玄関で夕餉の膳の話をするなど……。私にはとても堪えられませんので、台所に下がらせてもらいますが、それは、私のこと。そなたは勝手に話すがよいでしょう」では、と言って、豪は台所へと戻って行った。

豪が、それは私のこと、と少し折れて見せたことが、与兵衛には驚きだった。それだけ、豪が弱ったと見るべきなのか。だが、与兵衛は気付かぬ振りをして、多岐代に話すよう促《うなが》した。

「何を工夫なされたのだ？」

「納豆《なっとう》でございます」

「巾着に、納豆を入れるのか」

「はい。薬味を混ぜ、油揚げに詰め、煮たのですが、これが何とも美味《おい》しいのです。沢山作りましたので、残りは明日の朝餉《あさげ》の時、味噌汁の具にするつもりでおります」

「ご新造《しんぞ》様、それは間違いなく美味しいはずです。私は納豆汁には目がなくて」

「そうですよね」

「はい」朝吉が、力を込めて返事をした。それが可笑《おか》しいと、皆で笑い声を上げていると、台所で咳払《せきばら》いがした。

いつまでも上がらずに玄関で立ち話をしているのが、気になるのだろう。朝吉が丁寧に頭を下げて帰ったのを潮に、屋敷に上がった。

与一郎が台所に行き、豪に何か話し掛けている。

「まさか、そのようなものを」

妙な具を進言しているのだろう。豪が珍しく笑い声を上げているのが聞こえて来た。

「まずは、よかったな」と羽織を脱ぎながら、与兵衛が言った。

はい、と答え、多岐代が言った。

「巾着に感謝しております」

二

八月二十九日。

二十五日の夕刻から、二、三日のつもりで始めた若松屋の見張りも、四日目になってしまった。

様子はいかにも怪しいが、これと言って何か起っているという訳ではない。徒《いたずら》に時を過ごさせても、寛助らの疲労が増すばかりである。

「晦日《みそか》で一旦打ち切りとしよう。今日と明日の二日だ。済まねえが、あとひと踏ん張りしてくれ」

三人に握り飯と煮物を届け、与兵衛は朝吉を連れて高積見廻りの務めのため、市中に出掛けた。寛助に、見回る河岸《かし》と通りの場所を詳細に教え、万一の時は見回路《みちすじ》の自身番まで知らせに来るよう言い添えることも忘れなかった。

何事もなく見回りを終えた与兵衛が、奉行所に向かっている頃——。

蕎麦屋《や》二階の見張り所から若松屋を見ていた米造が、油堀に入って来た猪牙舟《ちょきぶね》に目を遣った。昼過ぎに熊の船頭が艪を漕ぎ、銀杏崩《いちょうくず》しの女と藍染めの袋を手にした男が舟で出掛けたので、帰りに気を配っていたのだ。

「親分、帰って来やしたぜ」

寛助が這《は》うようにして窓辺に近付いた。寛助と米造の顔が、障子《しょうじ》の陰でふたつ縦に重なった。

舟が若松屋の船着き場に横付けとなり、男が岸に上がった。船宿から見張っていたのだろう、ふたりの若い衆が出て来て、辺りを見回している。女が上がり、次いで男が立ち上がった。大きな男だった。身の丈もあり、腹も太い。

寛助と米造は目を見合わせた。

「あいつは……」

「へい」

「読み上げろぃ」寛助は若松屋から目を離さずに、懐から伝蔵の人相書を取り出し、米造に渡した。

「いいですかい？　白鳥の伝蔵。年の頃は、四十四、五歳」

「……それくれえだ」

男は腰を伸ばし、油堀を見渡している。

「身の丈、五尺八寸ほど。身体はでかく、およそ二十二貫」

「間違いねえ……」寛助の言葉が咽喉《のど》に絡んだ。

「万一ってことがありやす。その他、赤ら顔とか、歯並びは尋常だとか書いてありやすが」

「そんなところまで、見えるかってんだよ……」

と言いつつも、なおも目を凝らしていた寛助が、面《つら》ぁ赤いよな、と米造に訊いた。

「赤い、です。てらっとしてやす」

「走れ」と寛助が言った。「今見た通りのことを、旦那にお話しして来い。俺は新七と見張ってる」

新七を見た。口を開けて寝ている。

「この太平楽《たいへいらく》が。口ん中に水を差せ」

蕎麦屋の裏から飛び出した米造は、南町奉行所のある数寄屋橋御門内目指して、一目散に駆け出した。寛助はそれを見届けると、寝惚《ねぼ》け眼《まなこ》の新七に、ちぃっと調べて来るぜ、と言い残して見張り所を出て行った。


日録を書き上げた与兵衛は、塚越と連れ立って五十貝五十八郎のいる与力詰所へと向かっていた。

「どうだ、今日ぐらいは一献《いっこん》？」

帰りに見張り所に寄らねばならぬから、と塚越の誘いを断っているところに、当番方の同心が現れた。昨日与兵衛を呼び止めた同心だった。

「滝村様、手先の米造なる者が火急の知らせがあると申しておりますが」

「いつも使い立てして済まんな」

同心に礼を言い、

「先に行ってくれ」

塚越と別れ、控所に急いだ。

「それは、本当か」米造の言葉に与兵衛は驚愕《きょうがく》した。

「しっかりと、この目で見ました。親分も白鳥の伝蔵に間違いねえと」

「よし、引き続き見張っているように言ってくれ。無理をするんじゃねえぞ。俺は、このことを定廻りに知らせてから、お前の後を追うからな」

「承知いたしやした」

米造が後ろ姿を見せるや、与兵衛も駆け出した。玄関口で立ち止まっていた塚越が、どうした？　とのんきな顔をして言った。

付いて来るように言い、与力詰所へ向かった。五十貝を与力詰所から呼び出し、伝蔵を見付けたことを簡単に話し、取って返して定廻り同心の詰所へ向かった。

「占部さんは、おられますか」

詰所にいた瀬島亀市郎が、出ているが、と答え、何か用か、と面倒くさげに尋ねた。

「白鳥の伝蔵を見付けました」

「何と、申した？」

与兵衛は同じ言葉を繰り返した。

「人相書が配られたのは、昨日だぞ」

「一日あればひとは生まれ、ひとは死ぬ。滝村には一日あれば、十分なのだ」五十貝が、のそりと詰所に入りながら言った。

瀬島が声を詰まらせている。五十貝は与力である。軽々に口答えは出来ない。

「大熊様に報告だ。行くぞ」

五十貝は塚越に、ここで占部が戻るのを待て、と命じて、年番方の詰所に足を向けた。

与兵衛と瀬島が続いた。

「実《まこと》か」大熊が叫んだ。「ようやった。詳しく話せ」

与兵衛は、富岡八幡宮で男を見掛けたところから順を追って話した。

「さすれば、その腕っ節の強い男が、暮坂の喜代次であろう。女は知らぬが、恐らくは伝蔵の情婦《いろ》か何かに相違あるまい。居抜きで買うた船宿を塒《ねぐら》にするとは、気付かなんだわ。のう、瀬島」

ははっと応え、瀬島が拳《こぶし》を膝に打ち付けた。

そこに、占部が来た。塚越は、己の居場所を探しあぐね、五十貝の後ろにこっそりと座った。

占部は大熊と五十貝に挨拶《あいさつ》をしてから、与兵衛に声を掛けた。

「見付けたそうだな？」

「はい」再び経過を掻《か》い摘《つま》んで話した。

「伝蔵に間違いなさそうだが、見間違えました、では済まねえぞ」

「主水河岸の寛助、そのようなどじを踏む男ではございません」

「そんなことは知っている。だが、伝蔵だと言う証《あかし》はねえんだからな」

万一にも捕違いをしたとなると、最悪の場合、御役御免を覚悟しなければならなかった。

「いかがいたす？　確たる証を摑《つか》むまでは見張りを続けるか……」大熊が言った。

答に窮し、拳を握り締めていると、廊下を急ぎ足にやって来る足音がした。足音は、年番方与力の詰所の前で止まった。

当番方の同心だった。今度は新七が知らせに来たと言う。

「構わぬ」と大熊が言った。「ここに、通せ」

「ここに、でございますか」当番方の同心が訊いた。

「早《はよ》うせい」

「はっ」

待つ間もなく新七が来た。居並んだ黒羽織に気圧《けお》され、敷居の外で戸惑《とまど》っている。

「入れ」大熊が言った。

「何かあったのか」与兵衛が訊いた。

声の方に顔を上げ、与兵衛に気付き、新七の顔が少し解《ほど》けた。

「お許しが出ている。入れ」

詰所の入り際に手を突いて、新七が言った。

「親分からの言付けでございますです」

「話せ」

「『若松屋の中に、暮坂の喜代次がおります』とのことでございます」

おっ、と占部が声を上げた。

「どうして分かった?」与兵衛が新七に訊いた。

「へい」

新七が言うには、米造を送り出した後、これじゃあ踏み込めねえからと、寛助が若松屋の裏に回り、台所の板壁に耳を押し当てていると、案の定、酒を探しに来たのがいて、悶着《もんちゃく》が起った。「馬鹿野郎、大事なお務めを前にして、何をやってやがる」怒鳴った男を、ひとりは「小頭」と呼び、もうひとりは「暮坂の」と呼んでいたと言う。

「それだけか」

「へい……」新七が突いた手の中に顔を埋めた。

「十分だ」と占部が言った。占部は自らに言い聞かせようとしたのか、よし、と叫んで頷くと、「のんびり裏を取っている暇はねえ。暮坂の喜代次がいるってことは、主水河岸の見た男は伝蔵に相違ねえ。つまりは、押し込みの用意が整ったってことだ」

大熊様、占部が右の拳で畳を突いた。

「分かっておる。恐らく奴どもは、明日の晦日にどこぞの大店を狙《ねら》う魂胆《こんたん》であろう。備えを整え次第、今夜中に一網打尽《いちもうだじん》にしてくれようぞ」

大熊が、準備に取り掛かるよう、占部と瀬島に命じた。

「滝村、案内を頼むぞ」占部が言った。

返答をする前に、与兵衛は五十貝を見た。五十貝が、頷いて見せた。

「ここは、与兵衛抜きでは話が進まぬ。行け」五十貝が、頷いて見せた。その五十貝の後ろにいる塚越と目が合った。

「塚越も、よろしいでしょうか」与兵衛は大熊と占部に尋ねた。

塚越には、探索を命じていない。与兵衛とは立場が違うのだから、捕物出役《とりものしゅつやく》には加えられない。

「女の素振りを見て、最初に怪しんだのは、塚越でございました」

「実か」大熊が訊いた。

「はあ……」塚越が答えた。

「よし。見届けて参れ」

「ありがとう存じます」塚越が畳に手を突いた。

「差し出たことを申しますが、捕方は舟を使うことになるのでしょうか」

「まさか出役姿で、ぞろぞろと永代橋を渡る訳には行くまい」大熊が言った。捕物があると、白鳥の伝蔵一味に気付かれてはならない。

「それでは、私と塚越が先に見張り所に参り、若松屋の様子を調べ、塚越を御船蔵に回します。皆様は舟を御船蔵に着け、その後目立たぬようぐるりと回って、松平備中守様の御下屋敷にお入り下さい。松平様のお屋敷には、大熊様に一筆お書きいただき、それを私か塚越がお届けしておきます。そこからの采配《さいはい》は、私の手には負えませんので」と言って、占部と瀬島を見た。「よろしくお願いいたします」

「異存は？」大熊が占部と瀬島に訊いた。

「ございません。が、しかし、ひとつだけ」占部が言った。

「何だ？」

「滝村、入堀の政五郎《まさごろう》を連れて行け。油堀辺りじゃ顔は売れちゃいねえから、走らせるのに都合がいいだろう」政五郎は、占部の手先として働いている御用聞きだった。

「お借りします」

「北町へは？」瀬島が大熊に訊いた。

「大捕物だ。知らせずばなるまい。ここは古参の其の方が出向き、御船蔵に導いてくれ」

「承知いたしました」瀬島が、一礼して退席した。

「備中守様の下屋敷宛の書状を早速書こう。支度をしておれ」

大熊は与兵衛と塚越に言うと、文机に向かいながら年番方の同心に、御奉行に出役の命をいただきに伺う、と用部屋に伝えておくよう指示を出した。

「では、塚越。御船蔵で会おう。頼むぞ」占部が、きょろきょろしている塚越の肩を叩いた。

塚越が慌てて平伏した。その後ろで新七も平伏している。


与兵衛と塚越丙太郎らが蕎麦屋の二階に着いた時には、暮れ六ツ（午後六時）を回っていた。

見張り所である。行灯《あんどん》に灯《ひ》はともされていない。二階は真っ暗だった。与兵衛らは上がり端で足を止めた。

寛助らは、暗がりを透かして与兵衛の後ろにいる者たちを見た。階下の仄《ほの》明かりを背にして、半身になった姿が微《かす》かに浮き上がっている。これはこれは、と声に出して、寛助らが目を丸くした。入堀の政五郎とふたりの手下に加え、塚越がいる経緯《いきさつ》を話して聞かせた。

「大捕物になるんですかい」寛助が掌を擦り合わせた。

「涎《よだれ》を垂らすんじゃねえぞ。みっともねえ」

「へい」

「礼を言っとくぜ。よく若松屋の壁にへばり付いてくれたな」

「野郎ども、覗かれないようにと戸を閉《た》てていたので訳もないことでした」

「無理をさせたな」

「これからは守宮《やもり》の寛助と呼んで下さいやし」

「そうしよう」

若松屋を見た。柱行灯の灯も消され、揚げ戸も下げられている。

「昼過ぎてからこっちは、ずっとあんな調子でさあ」寛助が言った。

「出入りもないか」

「へい。見張るのには楽でやすが、面白くねえったら話になりやせん」

「と言うことだ」与兵衛が塚越に言った。

「分かった。俺は松平様のお屋敷に寄ってから、御船蔵の河岸で出役の方々を待つ」

「頼むぜ。米造、何か火急の知らせごとが起きるといけねえ。お供してくれ」

塚越と米造が階段を下りてゆく。残された与兵衛らは、障子際《しょうじ》に額を寄せた。

半刻（一時間）が過ぎた頃、階段をそっと上がって来るひとの気配がした。ひとりではなかった。

思わず刀に手を伸ばすと、俺だ、と言う塚越の声に続いて、瀬島と占部が名乗った。

「新七、隣へお通ししろ」

三畳の隣室には、休息や食事のための行灯の灯が細くともされている。浪人姿に扮《ふん》していた瀬島と占部が、背に担いで来た風呂敷包みを下ろした。鎖帷子《くさりかたびら》など、出役の拵《こしら》えが収められているのだろう。ごとりと重い音がした。占部が若松屋の様子を与兵衛に訊いた。

「まったく動きはございません」

「伝蔵は？」瀬島が訊いた。

「出た形跡はございません」

「暮坂の喜代次は？」

「やはり」

「よし、引っ捕えてくれようぜ」

占部と瀬島が立ち上がり、袴《はかま》の前紐を解き始めた。新七が、隣室に向かった。政五郎に伝えたのだろう。政五郎の手下の梅次《うめじ》と勝太《しょうた》が来て、占部と瀬島の脱いだ袴を受け取り、風呂敷の中のものを取り出している。

股引《ももひき》を穿《は》き、鎖帷子の上から半纏《はんてん》を纏《まと》い、籠手《こて》と臑当《すねあ》てを付けながら、それにしても、と占部が言った。

「白鳥とも知らずに、見張り所を置いたのか」

「どうも、何かにおったので」

「いい鼻してやがるぜ」

占部が小さな笑い声を立てたのに併《あわ》せて、階段を上って来る足音がした。

「誰だ？」

米造に導かれた、北町の松原真之介であった。

「定廻りのおふたりに、下屋敷なんぞに置いてけ堀にされたので、寂しくてな」それに、と言って与兵衛を見た。「また、高積の手柄って聞いたもんでな。百まなこ以来、南町は高積で保《も》っているのではないか」

「それだけ層が厚いということだ」占部が応えた。

「聞いておこう」

「政五郎。下屋敷へ先に行き、若松屋を取り囲むよう俺が言った、と佐伯《さえき》様に伝えておいてくれ。直ぐ行く」

佐伯四郎次《しろうじ》は、捕物出役の指揮と検使を行う当番方与力であった。しかし、当番方与力が先頭に立って捕物を行うことは滅多にない。当番方の同心か、その一件の探索を続けてきた定廻りの同心が、捕物の真っ只中で捕縛の采配を振《ふる》った。

「まあ、見ていろ」

占部と瀬島が刃引《はびき》の長脇差を腰に差し、長さ一尺五寸（約四十五センチ）の十手を手に、階段口へと消えて行った。

「見物だけか」と松原が与兵衛に訊いた。

「出る幕はないかと」

「それでも行くのが礼儀ってもんだぜ。いれば役に立つこともあるしな」

松原に従い、蕎麦屋を出、油堀沿いの道に出た。

捕方が左右に散り、御用提灯《ちょうちん》が高々と掲げられたのを見届け、佐伯四郎次が前に進み出た。佐伯は、若松屋に向かって捕縛に出張ったことを大声で述べ、捕方に命じた。

「掛かれ」

占部なのだろう。素早く走り出ると、大きな木槌《きづち》を担いだ捕方に、若松屋の潜り戸を打ち破るように命じている。木槌が振り上げられ、戸口に叩き付けられた。

大きな音がして、潜り戸がぶち飛んだ。

「向こうに行かなくては面白くねえぞ」松原が、下ノ橋の方へと駆け出した。塚越も行きたそうな顔をしている。

「行こう」与兵衛らも、松原に続いた。

三

与兵衛らが下ノ橋を渡る頃には、見物の衆が油堀を挟んだ通りに立ち並び始めていた。

若松屋の揚げ戸が上がり、中で龕灯《がんどう》の明かりが揺れるのを見ては喚声《かんせい》を上げ、捕方が倒れたと見ては悲鳴を上げている。

「静まれ、下がれ」

千鳥橋の方から御用提灯を掲げた舟が来、鎖を仕込んだ白木綿《もめん》の鉢巻を締めた捕方が、見物の衆を黙らせ、堀の際から後ろに下がらせている。

揚げ戸の中に自在鉤《じざい》で吊り下げられた手燭が灯り、中が仄かに見えた。しかし、忽《たちま》ちのうちに、消されてしまったのだろう。また、暗くなった。

ぽっかり空いた暗い戸口から、伝蔵一味の者が三人、刀を目茶苦茶に振り回しながら飛び出して来た。中にがっしりとした、毛深い男がいた。船頭の熊だった。

三人は、六尺棒や刺股《さすまた》を躱《かわ》し、こちら側に走って来た。

松原が抜刀し、先頭の者と切り結んだ。熊と若い男が回り込み、通り抜けた。

「熊は任せろ」与兵衛が行く手を塞《ふさ》いだ。

塚越と寛助らが、四人で若い男を取り囲んでいる。

「しゃしゃり出て来なければ、長生き出来ただろうによ」熊が、唇を舐《な》め回しながら斬《き》り掛かって来た。

「これまでに何人殺した?」与兵衛が、剣を交えながら訊いた。

「そんなもん、数えたこともねえ」

「思い出す時をくれてやる」

与兵衛の切っ先が、つと沈んだ。誘いである。熊が切っ先と、飛び込む間合を計っている。熊の顔に喜色が奔《はし》った。勝てる、と踏んだのだろう。熊が打ち込んで来た。刀を払い、返す刀で熊の右手首を斬り落した。

転げ回っている熊を打ち捨て、塚越らを見た。四人で若い男を袋叩きにしている。

「早く縛れ」

寛助に捕縄を放り、与兵衛は松原の脇に並んだ。

「どうだ、役に立っただろう」

逃げて来た男を通せんぼしてから、峰打ちに仕留めた。

若松屋の中で、何かが崩れるような音がした。二階への階段でも落ちたような音だった。「なかなか抗《あらが》うではないか。俺はな」と松原が言って、笑った。「往生際《おうじょうぎわ》の悪いのが好みでな」

「………」

捕方がふたり、転げるようにして、通りに飛び出して来た。その後を追うようにして大きな男が現れた。年は四十の半ばで、身の丈は六尺近い。

「伝蔵じゃねえか」松原が、抜き払っていた刀で指した。

「そのようですね」

占部の指示を受け、捕方が梯子《はしご》や刺股で取り囲もうとしているが、動きが激しく捕え切れないでいる。

「頑張るじゃねえか」

「子分がいませんね」与兵衛が言った。

「まだ、中にいるんだろうぜ」

「伝蔵の傍に、です」

伝蔵はひとりで飛び出して来て、暴れている。子分どもは、頭《かしら》を守る余裕がないのだろうか。

「直《す》ぐに出て来るだろう」

松原の言葉を裏付けるように、戸口から三人の者が喚《わめ》きながら躍り出た。伝蔵の方にひとりが行き、あとのふたりは逆の側の捕方を牽制《けんせい》している。

「叩っ斬れ」新たに出て来た男が吠えた。見覚えがあった。暮坂の喜代次である。

喜代次の顔から首筋に掛けて真っ赤に濡《ぬ》れている。返り血を浴びたのだろう。

「松原さん、腕は？」

「程々の自信はある、が」

「私が参りましょうか」与兵衛が言った。

「喜代次ってのは、えらく腕が立つって評判だぞ。大丈夫なのか」

「やってみなければ、分かりませんが、負ける訳にもいかんでしょう」

「そこまで言うなら、譲《ゆず》っとくぜ」

松原が身を引こうとした時、若松屋の奥で火の手が上がった。油を撒《ま》いたような火勢である。中から悲鳴も聞こえた。

半鐘《はんしょう》が鳴った。見物を決め込んでいた町屋の衆が、家に入り、桶《おけ》を手に飛び出して来た。

捕方の者が五、六名、その者たちに走り寄り、裏へ回れと指示している。装束《しょうぞく》を纏った町火消の姿が、若松屋の隣家の屋根の上に現れた。捕物があると知った町役人が、万一に備え、町火消を集めていたのだろう。

煙が軒《のき》を巻いた。煙に紛れ、炎が蛇《へび》の舌のように覗いては揺れている。見物の衆が指さし、喚き声を上げた。

伝蔵と喜代次が、左右に分かれて暴れ始めた。捕方がそれに釣られて、二手になった。

左右に分かれた捕方の間を縫《ぬ》うようにして、女が中から走り出して来た。羽織と小袖に炎が絡み、燃え立っている。

「熱い、熱い」女が叫んだ。「どいて、どいて」

火達磨《ひだるま》である。押し留めようとしていた捕方が、思わず道を空けた。

女は走りながら羽織を脱ぎ捨てた。羽織は炎の塊《かたまり》となって翻《ひるがえ》り、燃え尽きた。帯に手を掛け、解いている。袖から這い上がった炎が顔に達し、背中一面に広がった炎が髪を焦がした。帯が解けた。小袖の裾が割れ、真っ赤な鳥が炎の羽根を広げたようになった。

女が小袖を脱いだ。襦袢《じゅばん》にも火が燃え移っている。襦袢を脱ぎ、放り捨てた。上半身が露《あらわ》となった。乳房が揺れている。

髪油に火が点いたのか、ちろりと赤い。捕方が手にした龕灯で、女の目が光った。女は湯文字《ゆもじ》をむしり取ると、髪に点いた火を揉み消して捨てた。女は一糸も纏わぬ裸だった。捕方が棒立ちになり、女を見送った。女は裸のまま、油堀に飛び込んだ。見物の衆から溜息が漏れた。火消の手伝いに当っていた者らも、手を止めている。消せ。捕方と町火消の怒号《どごう》が飛び交い、直後、若松屋の裏手が崩された。盛大な火の粉が舞い上がっている。油堀を挟んだ河岸からの響動《どよめ》きが聞こえた。

「丙太郎」与兵衛が振り返り、塚越に叫んだ。「あの女を捕えろ。あれが、伝蔵だ」

「えっ」松原が思わず問い質そうとしたが、与兵衛は無視して塚越に言った。

「早くしろ。絶に逃げられるぞ」

「分かった」

塚越は油堀の縁まで走り、堀を見回した。

水面に浮き上がった女を御用舟が引き上げている。女は半ば気を失っているように見えた。ふたりの捕方がずぶ濡れになりながら女を引き上げ、舟底に横たえた。思わず顔を見合わせたふたりの目の前に、女が飛び起きた。女は捕方の脇差を抜き取ると、ひとりを刺し、もうひとりを舟から蹴落した。船頭が驚き、立ち竦《すく》んでいる。女が、下りろ、と叫んだ。死にたいのかい。船頭が舟から堀に飛び込んだ。女は艪を取り、漕ぎ始めた。

周りにいた御用舟が慌てて追い掛けようとしているが、女の漕ぐ舟とは舟足が違った。たちまち距離を離されて行く。己ひとりが乗っているだけなので軽いのか、艪を扱い慣れているのかも知れない。

うおっと言う声を残して、塚越が走り出した。陸《おか》から舟を追い掛けようというのだ。

突然、女が屈み込むような素振りを見せた。目を凝らすと、何かを避けているのが見て取れた。舟の周りのあちらこちらに、小さな飛沫《ひまつ》が上がっている。石だ。見物の衆が捕方の役人を殺して逃げようとしている女に、飛礫《つぶて》を投じているのだ。飛礫のひとつが船縁に当った。また当った。飛礫が舟の中を転がる乾いた音がした。女が舳先《へさき》の向きを変えた。こちらの岸に寄って来る。

塚越が、走る速度を上げ、跳ね飛んだ。身体が宙に舞った。

そこで、舟までの距離が足りないことに気付いたのだろう。塚越が手足をばたばたさせている。それが功を奏したのか、手が女の舟の縁に掛かった。舟が大きく傾き、女が堀に投げ出された。

「あいつも高積か」松原が訊いた。

「同輩《ともがら》です」

「思い切ったことをしやがったな。お前程目端は利きそうもないが、上出来だ」

ようやく舟が追い付いた。女と塚越が引き上げられているのが見えた。

「頃合ですね」

与兵衛は松原に言い置くと、喜代次に向かって歩き出した。立ちのぼっていた煙が流れ、与兵衛の足許を擦り抜けた。

「無理するなよ」後ろから松原が叫んでいる。

「今度は、俺の番だぜ」聞こえぬと知りながら、与兵衛は塚越に言った。


捕方が横に倒した梯子を井桁《いげた》に組み、喜代次を取り囲んでいた。捕方は、喜代次に休む暇を与えないよう、刺股と突棒《つくぼう》での攻めを続けている。

与兵衛は指揮をしている占部の脇に行き、喜代次に怒鳴った。

「伝蔵を召し捕ったぞ。諦めて、おとなしく縛《ばく》に就け」

占部が、十間（約十八メートル）程向こうで捕方に囲まれている大男に目を遣った。

「どういうことだ？　伝蔵ってのは、あのでかぶつじゃあないってのか？」

「あれは、替え玉なんですよ。一味の本当の頭は、あの火達磨になっていた女です。だから白烏《しろからす》などというふざけた二つ名を名乗っているのです。白い烏なんていやぁしませんからね」

「分からねえな、どうしてわざわざ替え玉を用意するんだ？　女盗賊でいいじゃあねえか」

「頭は大男だ、と世間に思わせておけば、いざってぇ時に逃げやすいってことでしょう。見ての通り、素っ裸になった女を止められる捕方など、おりませんしね。それが頭を逃がす奥の手なのでしょう」

「何を賢《さか》しらに」喜代次が叫んだ。

「ならば、どうしててめえは、表に出て来た時、あの伝蔵《おおおとこ》を守ろうとしなかったんだ。だいたい、あいつがいの一番に飛び出して来たじゃねえか。あれじゃあ、まるで囮《おとり》だと丸出しだぜ」与兵衛は、端《はな》から見てたんだぜ、と言った。「てめえらの動きをよ。富岡八幡の境内《けいだい》で掏摸《すり》をいたぶっていたっけな。てめえは、あの女にいつもぴったりくっついていた。揃《そろ》いも揃って、てめえらは頭の間夫《まぶ》って訳か」

「うるせえ」

喜代次が伸びて来た刺股を真っぷたつに切った。梯子の囲いが少し広がった。

「任せろ」進み出ようとした占部を与兵衛が止めた。

「占部さんは刃引の刀でしょう。喜代次は相打ちでいい、と踏んで掛かって来ます。負けるかも知れませんよ」

「俺が、か。そんなことを言われたのは初めてだぜ」

「では、私が倒されたら、後を頼むということでは？」

「いいだろう。後々のためだ。腕前の程を見てやろうじゃねえか」

与兵衛は捕方に下がるように言った。

「私が相手をする」

捕方が、喜代次に目を据えたまま後ろに下がって行く。喜代次の周りが急に広くなった。

「どうせなくなる命だ。冥土《めいど》の道連れにしてくれよう」

「腕が立つようだが、元は武士か」

「それが、どうした？」

「夜盗に成り下がり、果ては獄門の露《つゆ》に消えるか」

「ほざけ」

声と同時に、喜代次の足裏が地を蹴った。振り上げた刀が真っ向《まこう》から下りて来る。間合を保ちながら、与兵衛は飛び退いた。

喜代次は、ふんと鼻先で笑うと、八相に構えた刀を僅かに吊り上げた。来る。与兵衛が思った瞬間、喜代次が動いた。右から斬り下ろし、返す刀で斬り上げ、前へ前へと足をにじりながら、下段で刀を止めた。止める寸前に切っ先が僅かに上がった。

喜代次が勝ち誇ったかのような顔をして言った。

「口程にもない。逃げてばかりか」

喜代次の攻めを受け続けている間に、与兵衛は堀際近くまで追い詰められていた。

「悪いか」

「それでは勝てんぞ」

「いや。私の勝ちだ」

「面白い。訳を言ってみろ」

「立ち合って分かった。動きが見えるのだ。技が起るところ、尽きるところ。手に取るように、な。それでは、武士として一角《ひとかど》の者には勝てぬ。夜盗の仲間に墜《お》ちたのも、宜《むべ》なるかな、だ」

「黙れ」喜代次が、飛び掛かるようにして刀を振り下ろした。躱《かわ》した。躱して、前に出ると見せ、身体半分退いた。喜代次の刀が与兵衛を追った。腕が伸びている。与兵衛の刀が、喜代次の手を打った。

喜代次の親指がざくりと切れ、刀とともに落ちた。

「引いた波は寄せ、寄せた波は引く。冥土の土産に教えてやる。小絲派一刀流《汀《みぎわ》の太刀《たち》》だ。寄る辺なき身に相応《ふさわ》しいであろう」

捕えよ。与兵衛が捕方に言った。捕方が走り寄り、喜代次に縄を打っている。離れたところで歓声が上がった。替え玉の伝蔵が捕えられたらしい。

「終ったな」と占部が与兵衛に言った。「借りだ。それにしても、あの女が伝蔵ってのは、本当か」

占部が与兵衛の斜め後ろを顎で指した。

髷《まげ》は見る影もなく崩れているが、銀杏崩しの女が引き立てられるところだった。裸では歩かせられないからと、塚越が着せたのだろう。黒羽織が、濡れた白い肌によく似合っていた。

「俺も付いて行く」と塚越が与兵衛に耳打ちして、女の背後に回った。

「伝蔵、生まれはどこだ？」

「知らないよ」

女が答えた。名を呼ばれ、答えたのだ。伝蔵と認めたことになる。占部が、本当なんだ、と口の中で呟いている。

「知っていても、誰が言うもんかい」

当番方与力の佐伯が、引き上げを告げている。

「先に行って下さい」と占部が瀬島に言った。「私は、火事場の始末を見届けてから戻ります」

「うむ」瀬島が与兵衛に歩み寄り、肩を叩いてから、捕方らの後を追った。

「見端《みば》はよくねえが、理に適った剣だな」松原が、からかうように与兵衛に言った。

「退き技は、どうももうひとつ評判が……」

「いいじゃねえか、どうでも。勝ちを拾えりゃあな。じゃあな、俺はもう用無しだ。帰るぜ」

松原が、火消の棟梁《とうりよう》と話している占部に声を掛けて引き上げて行った。見る限り、火は消し止められていた。

「旦那」

寛助と米造と新七が、並んで頭を下げた。「お見事でございやした」

「よせよ、みっともねえ」

「でも旦那、よく伝蔵が女だと分かりやしたね」寛助が唸《うな》った。

「島田屋亥三郎だ。あれに会っていたんで、頭が回ったんだろうよ」

「それじゃ、今度何か奢《おご》らねえと」寛助が、酒を飲む真似をした。

「親分、酒なんですかい？」新七が訊いた。

「酒より嬉しいもんがあるかよ」

米造と新七が頭を抱えている。与兵衛は、三人を置いて占部の許に行き、まだ帰らないのか尋ねた。もう少し残ると言う。

「申し訳ありませんが、私はこれで……」

「ご苦労だったな。明日、改めて礼を言う」

手を上げた占部に応え、与兵衛らは、永代橋に向かった。


油堀を挟んだ向かいの河岸から、捕方が引き上げ始めているのが見えた。見物の者たちの後ろから見ていた甲吉も、長屋に戻る頃合だと踵《きびす》を返そうとした時だった。背に、ちくりとした痛みが奔った。刃を突き付けられている。

物盗り、か……。

頭を動かさず、目だけで通りを見回した。誰か、気付いてくれる者はいないか。だが、家路に向かう者たちは、通りの端に佇《たたず》んでいる甲吉など見ようともしない。人波がざわめきとともに、消え始めている。通りに残る者は殆どいなくなった。刃に込められた力が強くなった。甲吉の額《ひたい》から、脂汗が垂れた。

「俺は、看板書きだ」甲吉が言った。「金なんぞ、ねえぞ」

「要《い》るかよ、てめえの金なんか」背後の者が、甲吉の耳許で囁《ささや》いた。「よくも、売りやがったな」

「何を、だ?」甲吉の目に、居残っている役人と町火消が若松屋の前を行き来している様が映った。まだ一味の者がいたのか。まさか、俺があいつらを売ったとでも思っているのか。

おいっ。叫ぼうとした甲吉の背を、鋭い痛みが貫いた。

「くたばりやがれ」男が、口の中で吠えた。「狗《いぬ》めが」

「いぬ……」

「相州屋《はな》でけちがついちまったから、今度こそは、と皆意気込んでいたのによ。てめえのせいで、伝蔵親分までお縄にされちまったんだ。見逃してたまるか」

ぐいと刃に重みが乗った。息を詰めていると、やがて力が抜け、ふと軽くなった。刺し止まったのだ。その瞬間を逃さず、甲吉は振り向くと、男の襟《えり》を摑んだ。男は、甲吉の素早い動きに驚き固まっている。男の顔を仄明かりの中に引き摺《ず》り出した。五之助長屋の為次郎だった。

「てめえ、は……」

大家の五之助と笑い興じている為次郎の姿が浮かんだ。いかにも善人面をしていた。

俺ともあろう者《もん》が、ころっと騙されていたのか。畜生。焼きが回ったぜ。

甲吉は、空いている片方の手を背に回し、匕首《あいくち》の柄を握った。肉が締まり、抜けない。甲吉は背の肉を抉《えぐ》るようにして匕首を抜き取ると、

「この半ちく野郎が。売った、だと？　狗、だと？　誰に物を言ってやがる。血迷いやがって」

為次郎を睨《にら》み付けた。

為次郎は、後退りながら言った。

「言い逃れは出来ねえぜ。俺は、見たんだからな……」

「何を、だ？」

「まさか、俺が五之助店にいるとは思わねえで、八丁堀と相談ぶってただろうが」

「いつの話だ？」

言ってから甲吉は、与兵衛が訪ねて来た夜のことを思い出した。

「言い訳出来ねえようだな。危ねえ、危ねえ。半刻前に出てたら、俺もあの中だったぜ」

「馬鹿が。勘違いしやがって」

「かん……」

「くだくだ言ってる暇はねえ。教えてやるぜ。刺すってのはな、こうするんだ」

腹を下から突き上げた。

「げっ」為次郎が腹を抱えた。尚も刺した。

為次郎の顔が目の前にあった。飛び出す程に見開かれた目玉を赤い糸が埋めている。

その顔だ。

刺した。刺す度に、為次郎の身体が踊った。

背後で悲鳴が上がった。ひとを呼ぶ声もしている。

見られちまったじゃねえか。てめえのお蔭でよ。

崩れるように倒れた為次郎に跨《またが》った。背の傷が熱く疼《うず》いた。血が迸《ほとばし》り出ている。目が霞《かす》み、頭が揺れた。

ざまぁねえぜ。こんなところで俺は死ぬのかよ……。

甲吉は、匕首を振り下ろした。ざくりと刃が為次郎の身体に埋まった。何度も耳にした音だった。音が遠くなり、近くなり、耳の中で響いた。己がどこで何をしているのか、分からなくなった。

目の前に白いものが吹き荒れている。吹雪《ふぶき》だ。信濃の雪が襲い掛かって来る――。

「旦那」と寛助が、騒ぎ声のしている方を指さした。若松屋の真向かいの河岸か通りの辺りだった。

「喧嘩《けんか》か」耳を澄ました。

声の中に、人殺しという叫び声が混じっていた。

「走れ」

下ノ橋を駆け抜けた与兵衛らの目に、男が馬乗りになってひとを刺しているのが見えた。

男の喚《わめ》き声が切れ切れに聞こえた。

「おめえが悪いんだ……。おらは、殺そうなんて思っちゃいなかった。なのに、おらを捨て、おかやふじを捨て、帰って来なかった……。おと、おめえが悪いんだ」

「ありゃ、甲吉ですぜ」米造が言った。

「嘘だろ」思わず口にした寛助が、本当だ、と言って、目を擦った。

甲吉は振り上げた刃を男に叩き付けるようにして、尚も刺している。男が、父親と女に見えた。父親の分も女の分も刺した。為次郎が血の袋になっている。

「やめろ」与兵衛が怒鳴った。

甲吉は返り血を浴び、朱に染まった顔を上げると、ちら、と与兵衛らを見てから、為次郎の頭を押さえ付け、顎裏に匕首を突き刺した。甲吉の顔が歪んだ。笑っているらしい。笑う度に、甲吉の背から血が吹き出している。

「甲吉、お前か。お前が犬目だったのか……」

甲吉はゆらりと立ち上がると、駆け付けて来た与兵衛に向かって、手を差し伸べた。

「ふ、じ……」声が掠《かす》れている。聞き取れない。「済ま……ねえ……」

甲吉はそのまま膝から地に落ち、動かなくなった。

与兵衛は暫くの間、凝っと甲吉を見詰めていたが、ふと我に返って甲吉の脇に転がっている死骸に目を遣った。見たこともない若い男だった。

「こいつは、誰だ？」

与兵衛は、遠巻きになって見ている者らに訊いた。

「誰か、この仏に見覚えのある者はいねえか」

「あの……」

ひとりの老人が、怖《お》ず怖ずと前に進み出て來た。身形《みなり》からして堅気に見えた。足許が覚束無《おぼつかな》い。

「お前さんは？」

「堀川町の、五之助店の差配をいたしております者でございます……」

甲吉の塒《ねぐら》のある長屋の大家だった。足の運びが危ういのは、店子から人殺しが出たからだと思われた。奉行所に呼び出され、叱責を受ける程度では収まりが付かないかも知れない、と怯《おび》えているのだろう。尋ねた。

「この仏だが」

「はい……」唇が震えている。

「まさか、こっちもお前さんの店子か」

「左様でございます」

「名は？」

「為次郎と申します」

「為……」

「滝与の旦那」寛助が思わず叫んだ。「もしかすると、足切りの為次郎では……」

「考えられるな……」

五之助が、与兵衛と寛助の顔を覗き込むように見ている。

「このふたりに何があった？」

「何もございません……」五之助が首を横に振った。「ふたりとも、それはもう非の打ち所の無い店子でございました」

為次郎はどうか知らなかったが、甲吉は五之助の言う通りだった。

「そうだな……」

五之助を寛助に預け、米造に占部を呼びに走らせ、与兵衛は屈み込み、甲吉と為次郎の死骸を見詰めた。

甲吉の傷は背に受けた一ヵ所だけだった。

これが鍵のように思われたが、ふたりに何があったのかは、分からなかった。

立ち上がった与兵衛は、新七に捕方の者を数名連れて、五之助店に行くように命じた。

「ふたりの借店《たな》ん中に、誰も入れるんじゃねえぞ」

八月三十日。六ツ半（午前七時）。

与兵衛の姿は、占部鉦之輔らとともに五之助店にあった。

昨夜は暗いからと、甲吉と為次郎の借店の中を一通り見ただけで、朝を待っての調べに回していた。米造と新七、それに四名の捕方が夜っぴて番をしたのである。

朝からの調べの指揮は占部が執った。ふたりの借店は腰高障子が外され、捕方の手により水瓶の底から畳の裏に至るまで、調べられている。探すものは、甲吉が犬目である証と、為次郎が隠していると思われるお店の間取り図と、ふたりの繋がりを示す何かだった。

昨夜のうちに、為次郎の正体は判明していた。やはり、足切りの為次郎であった。生け捕りにされた白鳥一味の者が口を割ったのである。

一味の者らは、甲吉の名も、犬目の名も知らなかった。

半刻（一時間）近くの調べで見付けられたものは、甲吉に関するものは、使い込まれた匕首と八十両を超える金子《きんす》だけであった。看板書きの老爺《ろうや》が所持する金子にしては、あまりに多い額である。犬目として稼いだ金であることは疑う余地もなかったが、証のある話ではない。また、匕首は、よく研がれており、血で曇ったところなど、どこにもなかった。商いの道具を入れておく荷箱の隅に隠されていた。

為次郎に関するものは、四軒のお店の間取り図と、金子であった。間取り図は、枕《まくら》屏風《びょうぶ》の屏風絵の裏に隠されていた。内訳は、京が一軒、大坂が二軒、そして江戸の店が一軒であった。金子は甲吉に比べると少なく、三十両に満たない額であった。若いだけに、女か博打に消えたものと思われた。

「こんなもんだろう」占部の一言で、調べは終ることになった。「流石《さすが》に犬目の方は尻尾《しっぽ》を摑ませねえな」

「そうですね……」

答えたものの、与兵衛には、犬目の甲吉の後ろでほくそ笑む承右衛門の姿がありありと見えた。川口屋の柱行灯を張り替えていたのだ。たまたまなんてことは、ありえねえ。

あの狸《たぬき》めが。空《そら》っ惚《とぼ》けやがって。

いずれ承右衛門とは正面から向き合うことになるだろう、と与兵衛は思った。

「此度もまた」と占部が、片付け始めている捕方を見ながら与兵衛に言った。「立て続けのお手柄であったな。これで空きが出来次第、定廻りだな」

「そのことなのですが」

吉村治兵衛殺しも、犬目も、白鳥も、すべて解決したのだが、それぞれが思わぬ展開からの結果だった。

「私が解いた訳ではないのです」

「断ろうと言うのか、また？」

「犬目に関して言えば、一緒に酒まで酌み交わしていた始末です」

「俺は飲んでないぞ」

「はい……？」

「そういうことだ」

「分かりませんが」

「俺は定廻りとして飛び回り、数え切れない程多くの者と面付《つら》き合わせている。だが、犬目にも出会《でくわ》さなければ、白鳥にも、中間の半助にも出会わなかった」分かるか、と言って、占部が続けた。「お前は、考え違いをしている。張本の首根っこを取り押さえ、縄を打つのだけが捕物の才じゃねえ。張本をてめえに引き寄せるのも才なのだ。お前はその上にお調書の裏の裏まで読み解く力があるじゃねえか。迷うことはねえ。定廻りを受けろ」

「……考えてみます」

「そんな返答では、大熊様には通らねえぞ。あの御方が言い出したことだからな」

占部が気持ちよさそうに笑っているところに、寛助が来た。

「滝与の旦那、大家を見ていただけねえでしょうか」

「どうした？」占部が訊いた。

「へい。店子から悪いのがふたりも出たってんで、こりゃ下手すると島流しか、所払いだ、と町の衆に脅かされたらしいんで」

「過料《かりよう》（罰金）か手鎖《てぐさり》で済めば御の字だろうな」占部が言った。

「震えているのか」与兵衛が訊いた。

「へい。歯の根が合わねえって奴で」

「口添えしてやるから心配するな、と言っておいてくれ」与兵衛が言った。「あの旦那も、気付かなかったんだから無理もねえ、と俺を出しに使ってもいいぞ」

「よろしいんで？」

「構わねえ」

「では、そうさせていただきやす。安心するでしょう」

「いい定廻りになりそうじゃねえか」占部が与兵衛の肩を叩いた。

走り掛けていた寛助が、つと立ち止まって振り返り、占部に言った。

「旦那、こう言っちゃ何ですが、滝与の旦那はもう立派な定廻りですぜ」

断れないな、と与兵衛は思った。

一〇〇字書評

犬目

切り取り線

購買動機（新聞、雑誌名を記入するか、あるいは○をつけてください）	
□（　　　　）の広告を見て	
□（　　　　）の書評を見て	
□ 知人のすすめで	□ タイトルに惹かれて
□ カバーが良かったから	□ 内容が面白そうだから
□ 好きな作家だから	□ 好きな分野の本だから

・最近、最も感銘を受けた作品名をお書き下さい

・あなたのお好きな作家名をお書き下さい

・その他、ご要望がありましたらお書き下さい

住所	〒				
氏名		職業		年齢	
Eメール	※携帯には配信できません			新刊情報等のメール配信を 希望する・しない	

この本の感想を、編集部までお寄せいただけたらありがたく存じます。今後の企画の参考にさせていただきます。Eメールでも結構です。

いただいた「一〇〇字書評」は、新聞・雑誌等に紹介させていただくことがあります。その場合はお礼として特製図書カードを差し上げます。

前ページの原稿用紙に書評をお書きの上、切り取り、左記までお送り下さい。宛先の住所は不要です。

なお、ご記入いただいたお名前、ご住所等は、書評紹介の事前了解、謝礼のお届けのためだけに利用し、そのほかの目的のために利用することはありません。

〒一〇一－八七〇一
祥伝社文庫編集長　坂口芳和
電話　〇三（三二六五）二〇八〇

祥伝社ホームページの「ブックレビュー」からも、書き込めます。

http://www.shodensha.co.jp/bookreview/

祥伝社文庫

犬目《いぬめ》　高積《たかづみ》見廻《みまわ》り同心《どうしん》御用《ごよう》控《ひかえ》

平成22年 9月 5日　初版第1刷発行
平成26年11月30日　　　第3刷発行

著　者　長谷川《はせがわ》 卓《たく》
発行者　竹内和芳
発行所　祥伝社《しょうでんしゃ》
東京都千代田区神田神保町3-3
〒101-8701
電話　03（3265）2081（販売部）
電話　03（3265）2080（編集部）
電話　03（3265）3622（業務部）
http://www.shodensha.co.jp/
印刷所　堀内印刷
製本所　ナショナル製本
カバーフォーマットデザイン　中原達治

造本には十分注意しておりますが、万一、落丁・乱丁などの不良品がありましたら、「業務部」あてにお送り下さい。送料小社負担にてお取り替えいたします。ただし、古書店で購入されたものについてはお取り替え出来ません。

 ISBN978-4-396-33611-0 C0193

祥伝社文庫の好評既刊